Ralph Sander

Kater Brown und die Kämpfer des Ostens

MIX
Papier aus verantwortungsvollen Quellen
Paper from responsible sources
FSC® C105338
FSC
www.fsc.org

Kater Brown – Die Serie

Kater Brown, der Kater mit der Spürnase, merkt schnell, wenn etwas faul ist – aber die Menschen verstehen seine Hinweise einfach nicht! Bis auf Alexandra Berger. Seit sie gemeinsam ihren ersten Mordfall gelöst haben, weicht Kater Brown der Reisejournalistin nicht mehr von der Seite. Und zusammen können sie Morde aufklären, die auf den ersten Blick gar nicht nach einem Verbrechen aussehen.

Kater Brown ermittelt weiter:
Kater Brown und die Klostermorde
Kater Brown und die tote Weinkönigin
Kater Brown und das Testament der Madame Maupu
Kater Brown und das Rätsel des Roten Raben

Über den Autor

Ralph Sander arbeitet seit vielen Jahren als Übersetzer und Autor. Unter diversen Pseudonymen sind von ihm etliche erfolgreiche Krimis erschienen. Nachdem er bereits eine Reihe von fiktiven samtpfotigen Helden für seine Krimis erschaffen hat, entstand mit Kater Brown zum ersten Mal eine Figur nach einem realen Vorbild: dem Sanderschen Familienkater Paulchen Panther.

Ralph Sander

Kater Brown und die Kämpfer des Ostens

Kurzkrimi

be THRILLED

beTHRILLED

Vollständige ePub-to-Print-Ausgabe des in der Bastei Lübbe AG erschienenen eBooks »Kater Brown und die Kämpfer des Ostens« von Ralph Sander

beTHRILLED by Bastei Entertainment in der Bastei Lübbe AG

Textredaktion: Dr. Arno Hoven
Lektorat/Projektmanagement: Rebecca Schaarschmidt
Covergestaltung: Manuela Städele-Monverde unter Verwendung von Motiven © Shutterstock/red rose, © shutterstock/sahua d, © shutterstock/Jktu_21, © shutterstock/Seita
Satz: 3w+p GmbH, Ochsenfurt
Druck: Books on Demand GmbH, Norderstedt

ISBN 978-3-7413-0038-7

www.be-ebooks.de
www.lesejury.de

Prolog

Zielstrebig, aber gemächlich schritt Kater Brown durch den langen Flur. Dank der hohen Decke und der kleinen Fenster, die nur wenig Sonnenlicht in den Korridor fallen ließen, war es hier angenehm kühl. Kater Brown mochte diese Kühle, aber er mochte auch Hitze, nur eben alles in Maßen. Heute war ein warmer Tag, und er hatte draußen im Park schon eine Weile in der Sonne gesessen; daher empfand er es hier umso angenehmer.

Aber er war nicht hergekommen, weil es hier so schön kühl war, sondern weil er sich von etwas überzeugen wollte. Er hatte den Tod gespürt. Und er hatte Angst gerochen. Panische Angst. Er kannte das Gefühl. Die Frau, die ihm regelmäßig Futter gab und ihn streichelte, sperrte ihn manchmal in das winzige Haus, das sich bewegte, und fuhr mit ihm dorthin, wo die vielen Menschen in Weiß waren. Die fassten ihn an und hielten ihn fest, sahen ihm in die Ohren und in die Augen, kratzten an seinen Zähnen rum und stachen ihn mit spitzen Dingen. Ja, er kannte diese Angst. Aber die legte sich spätestens dann, wenn die Frau, die ihm regelmäßig Futter gab und ihn streichelte, ihn vor diesen Leuten in Weiß rettete. Sie sperrte ihn wieder in das winzige Haus und fuhr zurück nach Hause. Dann gab sie ihm jedes Mal noch mehr Futter und streichelte ihn noch länger. Zugegeben, er war ihr jedes Mal eine Weile böse, weil sie nicht sofort diese gemeinen Leute in Weiß vertrieb oder mit ihm zusammen vor ihnen davonlief. Aber letztlich rettete sie ihn ja doch noch vor denen, bevor sie ihm noch mehr antun konnten.

Ja, er kannte diese Angst, und je näher er seinem Ziel kam, umso intensiver wurde das Gefühl.

Von irgendwoher hörte er Schritte. Schwere Schritte, die sich aber in eine andere Richtung entfernten – weg von der, aus der er gerade kam. Er blieb stehen, legte den Kopf ein wenig schräg und bewegte die Ohren hin und her, um sich zu vergewissern. Ja, die Schritte wurden leiser. Dann hörte er irgendwo eine Tür zufallen. Als im Gang wieder Ruhe herrschte, ging er weiter. Die einzigen anderen Geräusche kamen von draußen, aber auf sie achtete er nicht weiter.

Kater Brown erreichte eine Treppe, die nach unten führte. Die Luft, die von dort nach oben wehte, war noch etwas kühler. Ja, da musste er lang. Langsam stieg er die Stufen hinunter. Am Fuß der Treppe angekommen, ging er durch einen weiteren Korridor, vorbei an ein paar Schränken. Das einzige Licht gelangte durch winzige Fenster über den Schränken in den ansonsten düsteren Gang. Er blieb stehen, als er die Tür erreichte, hinter der sich das Gesuchte befand. Irgendwie musste er es schaffen, in den Raum hineinzukommen. Er hob eine Pfote und setzte die Krallen an der Türkante an, dann zog er, aber nichts geschah. Er nahm die Pfote runter und drückte den Kopf gegen die Tür, doch auch das führte zu nichts. Sein Blick fiel auf den Schrank gleich neben der Tür. Dort oben an der Wand war ein Fenster, das auch noch offen stand.

Gut, dachte er und nahm Maß. Dann spannte er die Muskeln an und sprang aus dem Stand auf den Schrank, auf dem eine dicke Staubschicht lag. Er spähte durch die nach oben schräg gestellte, längliche Fensterscheibe. Im Raum dahinter waren genau an dieser Wand Kartons so aufeinandergestapelt worden, dass er dort mit einigen kleinen Sprüngen bis nach unten gelangen konnte. Von hier oben sah er auch schon den Menschen, wegen dem er hergekommen war. Er lag mitten im Zimmer und rührte sich nicht – ganz so, wie Kater Brown es erwartet hatte. Genau deshalb hatte es auch keinen Grund für ihn gegeben, sich zu beeilen.

Nachdem er die „Treppe“ aus aufeinandergestapelten Kartons hinter sich gebracht hatte, durchquerte er den Raum, vorbei an sonderbar aussehenden Gegenständen, von denen merkwürdige Stangen in alle Richtungen abstanden.

Der Geruch der Angst war noch sehr intensiv in diesem Raum, stärker noch als der sehr eindringliche Schweißgeruch, der von dem am Boden liegenden Mann ausging. Beim Näherkommen stutzte Kater Brown einen Moment lang, da ihm auffiel, dass dieser Mann sehr groß war – größer als jeder andere Mann, den er je gesehen hatte, und obendrein sogar größer in alle Richtungen. Als Kater Brown neben dem Mann stand, konnte er nicht über dessen Bauch hinweg die andere Seite des Raums sehen. So etwas hatte er noch nie erlebt.

Er schritt noch etwas näher heran und schnupperte. Ja, genau, unter dem Gestank nach Angst und Schweiß breitete sich allmählich ein weiterer Geruch aus … der des Todes. Dieser unangenehme, widerliche Duft war noch sehr schwach, also konnte der Mann noch nicht lange tot sein.

Kater Brown musste sich nicht beeilen, um die Frau zu holen, die ihn regelmäßig fütterte und ihn streichelte. Er konnte sie später immer noch hierherführen, wenn der Tote gefunden worden war. Das dauerte eigentlich nie sehr lange. Und in der Zwischenzeit würde er wieder nach draußen gehen und dort an einem schönen

Plätzchen verweilen, um weiter die Sonne und die Wärme zu genießen.

Als er sich wegdrehte, bemerkte er, dass etwas unter seiner Pfote klebte. Er schüttelte die Pfote, ein Fetzen Papier löste sich von ihr ab. Er schnupperte daran und roch ganz deutlich den Geruch der Angst, der in das Papier eingezogen war. Den würde er der Frau mitbringen, die ihn regelmäßig fütterte und ihn streichelte.

Vorsichtig nahm er das Stück Papier zwischen die Zähne und ging zu den Kartons zurück, um auf diesem Weg den Raum zu verlassen. Der Geruch von Schweiß, Angst und Tod wurde schwächer, je weiter er sich von dem Toten entfernte, aber er verschwand nicht vollständig.

1. Kapitel

Einige Stunden zuvor

„Aha, eine Reisejournalistin sind Sie also", hob der ältere Mann hervor, der sich vor Alexandra hingehockt hatte, um Kater Brown zu streicheln. „Und woher kommen Sie, wenn ich fragen darf?"

„Aus Düsseldorf."

Der Mann stutzte. „Aber ... wir sind doch hier in Düsseldorf", entgegnete er. „Wäre das Japanfest dann nicht ... ähm ... ein Thema für die Lokalberichterstattung?"

Alexandra lachte und strich sich ein paar rötliche Strähnen hinters Ohr, die der leichte Wind ihr ins Gesicht geweht hatte. „Na ja, genau genommen bin ich nicht hier, um über das Fest zu berichten. Ich will mich nur ein wenig mehr mit der Kultur des Landes beschäftigen, weil ich darauf hoffe, vielleicht noch in diesem Jahr den Auftrag zu bekommen, nach Japan zu fliegen. Da will ich halt vorbereitet sein, auch wenn die Veranstaltungen hier mich bestimmt nicht auf eine Stadt wie Tokio vorbereiten können."

Der Mann richtete sich auf, während Kater Brown um Alexandras Beine strich. „Nein, darauf können Sie sich nicht mal vorbereiten, wenn Sie sich drei Wochen lang Filme über das Land ansehen. Sie wissen dann zwar etwas besser Bescheid, aber selbst mitten in Tokio an einer Kreuzung zu stehen – das kann man damit überhaupt nicht vergleichen. Da stürzen tausend Geräusche und Gerüche auf Sie ein, es wimmelt um Sie herum von Menschen. Und Sie wissen vor lauter Leuchtreklamen gar nicht, wohin Sie blicken sollen."

„Klingt so, als wären Sie schon mal da gewesen."

Er nickte. „Ja, aber viel kürzer als geplant. Ich habe tatsächlich eine Panikattacke bekommen, als ich nur vom Bahnsteig aus zugesehen habe, wie die Leute in die U-Bahn-Waggons hineingequetscht wurden. Danach war ich ein paar Tage im Krankenhaus, und dann bin ich sofort nach Hause geflogen und habe eine Woche Urlaub an der Nordsee gebucht: und zwar Mitte Dezember, als dort wirklich kein anderer Tourist aufgekreuzt ist." Er schüttelte den Kopf. „Es war einfach zu viel für mich."

„Na, jetzt komme ich wirklich ins Grübeln, ob ich überhaupt noch da hinfliegen will", dachte Alexandra laut nach. „Ich meine, ich habe an sich kein Problem mit großen Menschenmengen, aber ... ich habe schon mal Aufnahmen von den U-Bahnen und Zügen in Japan gesehen. Und das war nicht gerade angenehm für mich."

„Ach, lassen Sie sich Ihr Vorhaben nur nicht von mir vermiesen, Frau ..."

„... Berger, Alexandra Berger", ergänzte sie.

„Angenehm. Gregor Kalkowski." Er schüttelte ihre Hand. „Vielleicht kann ich Sie ja zu einem Gläschen Sake einladen? Quasi als Wiedergutmachung dafür, dass ich Ihnen die Lust auf Ihre Japanreise ein wenig genommen habe."

„Lieber etwas später", antwortete sie ausweichend. „Ich möchte mich erst mal überall umsehen." Dieser Kalkowski hatte eigentlich ganz harmlos eine Unterhaltung mit ihr begonnen, aber so langsam bekam sie das Gefühl, dass er nach ein oder zwei Gläschen Sake zudringlich werden könnte. Da war es besser, ihn frühzeitig abzuwimmeln, bevor er noch glaubte, bei ihr Chancen zu haben. Es mochte ja sein, dass er ganz harmlos und einfach nur freundlich war, aber sie musste es auch nicht erst darauf ankommen lassen.

„Dann schlage ich doch vor, dass wir hier vorne bei den …“, begann Kalkowski, der den Wink mit dem Zaunpfahl nicht bemerkt hatte – oder nicht bemerken wollte.

Weiter kam er aber nicht, da in diesem Moment eine Stimme hinter Alexandra ertönte und jemand eine Hand auf ihre Schulter legte.

„Du sollst dich doch nicht mit fremden Männern unterhalten“, hörte sie diesen Jemand so laut sagen, dass auch Kalkowski auf ihn aufmerksam wurde und zunächst verstummte. „Und schon gar nicht freitagmorgens um kurz nach zehn.“

Alexandra konnte sich nicht daran erinnern, dass sie jemals zuvor gleichzeitig vor Schreck zusammengezuckt war und frustriert gestöhnt hatte, weil sie noch im selben Moment erkannte, wer sie da gerade hinterrücks überraschte.

„Oh Gott!“, seufzte sie gedehnt. „Was machst du denn hier?“

Tobias, der inzwischen neben sie getreten war, winkte ab und zwinkerte ihr zu. „Du weißt doch, du kannst ruhig Tobias zu mir sagen.“ Er grinste noch breiter, als sie bei diesem abgedroschenen Witz die Augen verdrehte.

Alexandra verkniff sich aber einen Kommentar dazu, denn auch wenn er das nicht wissen musste, war sie sehr erleichtert darüber, dass er aufgetaucht war.

Kalkowski setzte nämlich bei dem vertrauten Geplänkel zwischen ihr und Tobias ein leicht gequältes Lächeln auf und verabschiedete sich. „Wir sehen uns bestimmt später noch", meinte er, doch es klang nicht so, als ob er davon wirklich überzeugt war.

„Hab ich jetzt etwa deinen neuen Freund vergrault?", fragte Tobias, nachdem der ältere Mann sich zurückgezogen hatte.

„Nein, nein", wehrte sie sofort ab, damit er gar nicht erst auf den Gedanken kam, sie müsste ihm für sein zufälliges Einschreiten dankbar sein. „Wir sind nur über Kater Brown kurz ins Gespräch gekommen. Weiter nichts." Sie kniff die Augen ein wenig zusammen. „Du hast mir immer noch nicht gesagt, was du hier machst."

„Ja, stimmt."

Sie sah ihn an und wartete. „Also?"

„Was ‚also'?"

„Was machst du hier? Du berichtest nicht über ferne Länder und auch nicht über kulinarische Spezialitäten aus aller Welt. Du missbrauchst doch bloß deinen Presseausweis, um dich mit Snacks auf Kosten anderer vollzustopfen", hielt sie ihm vor. „Das kannst du ruhig zugeben."

„In der japanischen Kultur ist die Rolle des Mannes immer noch eine tragende", erklärte er in einem Tonfall, als würde er einen Vortrag halten. „Also ist unser Magazin für das Thema Japan sehr wohl das richtige."

„Aha! Mit anderen Worten: Der Machoreporter berichtet über Machotraditionen in einer Machokultur", spottete sie. „Passt irgendwie gut zusammen, das muss ich schon sagen."

Tobias ließ die Bemerkung erstaunlich gelassen an sich abgleiten, so als hätte er mittlerweile gemerkt, dass manche ihrer Spitzen gar nicht so gegen ihn gerichtet waren, wie man es hätte meinen können. Was sie davon halten sollte, wusste sie nicht so recht. Einerseits war das natürlich ein Beweis dafür, dass er keineswegs so eindimensional veranlagt war, wie er sich manchmal selbst gerne hinstellte – speziell dann, wenn er in seinen Artikeln zu den schlimmsten Klischees griff. Andererseits bedeutete es auch, dass er wissentlich auf ihr Spiel einging und es ihm nichts ausmachte, sondern er in passender Weise auf ihre Äußerungen reagierte. Unwillkürlich kam ihr ein alter Spruch in den Sinn, der mit „… das neckt sich" endete, aber den verscheuchte sie ganz schnell wieder aus ihrem Kopf.

„Seit wann hast du rote Haare?", wechselte er abrupt das Thema. „Seit ich dich kenne, bist du stets blond gewesen."

„Und wie kommt es, dass du mich überhaupt erkannt hast?", konterte sie.

„Das ist keine Antwort auf meine Frage", machte er ihr klar. „Trotzdem werde ich dir deine Frage zuerst beantworten. Ich …" Er unterbrach sich und grinste sie an: „Willst du die Machoantwort hören oder –"

„Die andere Antwort", unterbrach sie ihn.

Tobias nickte. „Also gut. Die Machoantwort lautet, dass ich deinen knackigen Hintern unter Tausenden wiedererkenne, ob du nun rothaarig, blond oder wie auch immer gefärbt durch die Gegend läufst."

„Hast du mich eigentlich nicht gehört?", knurrte sie ihn an und schlug ihm mit der Faust auf den Arm.

„Doch, das schon. Aber dann hättest du dich für den Rest deines Lebens gefragt, wie wohl meine Machoantwort ausgefallen wäre, und das konnte ich dir einfach nicht antun."

„Du bist und bleibst ein herzensguter Mensch", kommentierte sie spöttisch seine Erklärung, dann fügte sie energisch an: „Und jetzt bitte die wahre Antwort."

„Okay, wenn du die deprimierende Wahrheit hören willst: Ich habe dich eigentlich gar nicht erkannt. Erkannt habe ich nur meinen kleinen schwarzen Kumpel. Und da es in der ganzen Stadt meines Wissens keine andere Frau gibt, die mit einer schwarzen Katze unterwegs ist, die ganz ohne Leine bei Fuß geht, war mir klar, dass du es bist, die neben meinem tierischen Freund steht.“ Er bückte sich und kraulte Kater Brown, der sich gegen seine Hand stemmte, damit Tobias ja nicht aufhörte. „Und was hat das nun mit den roten Haaren auf sich?“

Sie zuckte mit den Schultern. „Ich dachte, ich probiere einfach mal was Neues aus. Vielleicht färbe ich sie mir nächste Woche schwarz. Mal sehen.“

„Also keine Undercover-Mission, die dich nach Irland führen wird?“, hakte er nach und zwinkerte ihr zu; dann richtete er sich wieder auf. „Und? Wie ist dieses Japanfest so?“

„Kann ich dir nicht sagen, ich bin selbst erst seit zehn Minuten hier“, erwiderte sie. „Auf jeden Fall herrscht nicht das gleiche Gedränge wie am Japan-Tag.“

„Na ja, es soll ja auch nicht so ein riesiges Spektakel sein. Wenn ich das richtig verstanden habe, hat sich die Werbung dafür auch nur auf Düsseldorf und die Stadtumgebung beschränkt, damit hier nicht der ganze Schlosspark überrannt wird.“

Alexandra nickte zustimmend. „Und vergiss nicht den Hinweis auf den Plakaten, dass Besucher in Manga-Kostümen unerwünscht sind. Das dürfte schon achtzig Prozent der potenziellen Interessenten abgeschreckt haben, hierher nach Schloss Duckrath zu kommen. In den letzten Jahren haben diese Manga-Fans ja die Stadt regelrecht überschwemmt.“

„Schloss Duckrath“, wiederholte er kopfschüttelnd und musste leise lachen. „Das könnte glatt in Entenhausen stehen, findest du nicht auch?“

Sie ließ den Blick über die weite Rasenfläche vor dem Bauwerk aus dem späten achtzehnten Jahrhundert wandern, das mit seinem einfachen dunkelgrauen Satteldach ohne Türme oder Zinnen und der dezent in Blassgelb gestrichenen Fassade für ein Schloss vergleichsweise schlicht wirkte. Aber anstatt zu protzen, bestach es durch seine fast schon gelassene Eleganz, als wollte es sagen: *Jeder weiß, dass ich ein Schloss bin. Warum sollte ich damit noch angeben?*

„Findest du nicht auch?", wiederholte Tobias, nachdem Alexandra mehrere Sekunden lang nur stumm zur Seite geblickt hatte.

„Was?", fragte sie geistesabwesend, da sie aus ihren Überlegungen gerissen worden war.

„Nicht so wichtig", sagte er und hob Kater Brown hoch.

Gemeinsam gingen sie weiter. Sie folgten den Schildern, die den Weg zum Eingang des Schlosses anzeigten, obwohl nicht zu übersehen war, dass man nur über die breite Marmortreppe dorthin gelangen konnte. An den asphaltierten Wegen links und rechts vom Gebäude waren rote Seile gespannt, die allen Besuchern zu verstehen gaben, dass sie jenseits dieser Absperrung nichts zu suchen hatten. Trotzdem gingen immer wieder Leute auf die Mitarbeiter des Wachdienstes zu, die dann auf die Treppe zeigten, als wäre nicht offensichtlich, auf welchem Weg man nach drinnen gelangte.

„Du wirst also über japanische Traditionen berichten?", fragte Alexandra ein wenig spöttisch.

„Eigentlich nur über das Sumo-Turnier, das hier bis Sonntag stattfindet", antwortete Tobias.

„Sumo? Du meinst die dicken Männer, die sich gegenseitig umzustoßen versuchen, bevor sie sich vor Übergewicht selbst nicht mehr auf den Beinen halten können? Raaasend interessant", sagte sie und verdrehte wieder die Augen.

An Eingang zum Schloss hielt eine junge Frau in einem dunkelblauen Anzug sie auf. Die fast schwarzen Haare trug sie streng nach hinten gekämmt und hochgesteckt. „Herzlich willkommen auf Schloss Duckrath! Falls Sie den Eintritt online bezahlt haben, muss ich bitte den Beleg sehen, um ihn zu scannen", erklärte sie mit einem höflichen Lächeln. „Falls nicht, bekomme ich bitte jeweils fünfzehn Euro. Und ich bedaure, aber die Katze kann nicht mit reingenommen werden."

„Wir sind akkreditiert", erwiderte Tobias und zog seinen Presseausweis aus der Jackentasche, während er den Kater mit einem Arm an sich gedrückt hielt.

„Und der Kater gehört zu mir, und ich möchte mich keinesfalls von ihm trennen", sagte Alexandra, während sie ihre Handtasche nach dem Ausweis durchsuchte.

„Tut mir leid, aber wir haben hier unsere Vorschriften. Die Katze können Sie nicht mit reinnehmen", beharrte die junge Frau.

„Die Katze ist ein Kater, und ob Sie es glauben wollen oder nicht – er unterstützt mich bei der Arbeit." Alexandra hielt ihr den Ausweis hin, dessen Foto sie mit Kater Brown im Arm zeigte.

„‚Inhaber: Alexandra Berger und Kater Brown'", las die Frau verblüfft vor. „So was habe ich ja noch nie gesehen. Das kommt mir wie eine –"

„Es ist keine Fälschung", fiel Alexandra ihr lachend ins Wort. Sie hatte dieses Argument schon oft gehört und konnte das ungläubige Erstaunen verstehen – ja genoss es sogar ein wenig –, wenn sie einen Presseausweis für einen Kater aus der Tasche zauberte. „Auf der Rückseite steht eine Internetadresse. Wenn Sie auf die Seite gehen, werden Sie feststellen, dass der Ausweis so registriert ist, wie Sie ihn jetzt vor sich sehen."

„Ja, aber ..." Der jungen Frau fehlten die Worte. Sie zögerte kurz, dann zuckte sie hilflos mit den Schultern und winkte sie durch. „Hoffentlich bekomme ich jetzt keinen Ärger mit meinem Vorgesetzten ..."

„... und in dem Fall sagen Sie mir bitte Bescheid, dann werde ich Ihrem Vorgesetzten erklären, dass Sie nichts verkehrt gemacht haben." Mit dieser Bemerkung drückte Alexandra ihr eine Visitenkarte in die Hand.

Sie gingen weiter und fanden sich bald in einem prunkvollen Foyer mit Deckenmalerei wieder, die eine fantastische Unterwasserlandschaft mit bizarren Fischwesen und ihren noch bizarreren Gefährten zeigte. An den Wänden hingen riesige Ölgemälde, die überdimensional groß den Erbauer von Schloss Duckrath und einige seiner Nachfahren porträtierten. Nicht nur die reich verzierten Rahmen waren mit Blattgold versehen, sondern auch an vielen anderen Stellen des großen Raumes hatte man die hauchdünnen Goldschichten aufgetragen, um jenen Wohlstand zu demonstrieren, den die Besitzer dieses Schlosses einst genossen hatten.

Links und rechts zweigten Gänge ab, der Zutritt war jedoch verboten, wie die davor gespannten roten Seile anzeigten. Also folgten die Besucher den Pfeilen und spazierten an zwei protzigen Treppen vorbei in den weitläufigen Garten hinter dem Schloss, der im vorderen Bereich links und rechts durch je einen Gebäudeflügel begrenzt wurde. Auf der Fläche dazwischen hatte man um ein quadratisches Podest herum Tribünen aufgestellt. Auf dem Rasen dahinter waren zahlreiche Stände und Zelte aufgebaut worden.

„Ich nehme an, auf dem Ding da werden nachher die übergewichtigen Herrschaften versuchen, sich gegenseitig aus dem Gleichgewicht zu bringen, wie?", fragte Alexandra, als sie um die Tribünen herumgingen.

„Der Dohyo", sagte Tobias und bückte sich kurz, um Kater Brown auf dem Gras abzusetzen.

„Was?"

„Das ‚Ding' da nennt man Dohyo."

„Aha!"

„Und es sind Sumotori."

„Hm?" Sie sah ihn fragend an.

„Die ‚übergewichtigen Herrschaften' sind Sumotori", erklärte er.

„So, so." Alexandra zuckte mit den Schultern.

Aus dem Augenwinkel konnte sie beobachten, dass Tobias mürrisch die Brauen zusammenzog. Eigentlich wollte sie gar nicht so herablassend über diese Sportart reden: Sie hatte schon ein wenig darüber gelesen und wusste, dass Sumo in Japan eine wichtige Rolle spielte. Aber Tobias schien sich wirklich dafür zu interessieren, was für sie die Gelegenheit war, sich für viele von seinen dummen Sprüchen zu revanchieren. Die waren auch nicht alle so gemeint, wie sie sich anhörten – das hatte sie längst gemerkt –, sondern es war seine Art, sie aus der Reserve zu locken. Wenn sie jetzt schon mal die seltene Chance bekam, den Spieß umzudrehen, und ihn mit ihrer scheinbaren Ignoranz auf die Palme zu treiben vermochte, dann würde sie dies tun – im besten Fall so lange, bis ihm ein Fehler unterlief und sie ihn korrigieren konnte. Auf sein dummes Gesicht freute sie sich jetzt schon.

„Sumo hat eine lange Tradition", bemerkte Tobias ohne erkennbaren Anlass, was ein Zeichen dafür war, dass sie ihn richtig eingeschätzt hatte. „Wir können uns nachher ja ein paar Kämpfe ansehen, und dabei werde ich dir einige Regeln und Sumotechniken erklären."

„Ich glaube kaum, dass mich das begeistern wird", seufzte sie gespielt und musste sich anschließend ein Grinsen verkneifen, als sie sah, wie er die Augen verdrehte. „Ich meine, man sieht ja, was da passiert: Zwei Männer schieben und schubsen sich, bis einer auf den Boden plumpst. Da gibt's wohl nicht viel zu erklären."

„Du hast doch dem Wissenich deinen Antrag vorgelegt, dir diese Dienstreise nach Japan zu genehmigen, richtig?"

Sie nickte und sah ihn an, während sie weitergingen. „Ja, was ist damit?"

„Nichts", sagte er beiläufig. „Ich frage mich nur, ob er den Antrag genehmigen wird, wenn er durch einen dummen Zufall davon erfährt, dass du keinen blassen Schimmer von der bedeutendsten japanischen Sportart überhaupt hast. Ich meine, er könnte dann ja glauben, dass du von Japan insgesamt auch keine Ahnung hast und am Ende einen Artikel ablieferst, in dem du lediglich die Schuhläden und Sushi-Bars beschreibst, die dir am besten gefallen haben."

Alexandra blieb stehen und drehte sich zu ihm um. „Willst du mich erpressen?"

Sofort hob er abwehrend die Hände. „Wie kommst du denn auf *den* Gedanken?", fragte er mit genug Ironie im Unterton, damit ihr klar wurde, wie ernst ihm das war.

Unter anderen Umständen hätte sie ihm jetzt vermutlich eine ordentliche Standpauke gehalten, weil das, was er da versuchte, nichts anderes als Erpressung war. Aber das war ihr egal, denn endlich hatte sie bei ihm eine verwundbare Stelle gefunden, und die würde sie ausnutzen, bis sie ihn zur Weißglut gebracht hatte.

Oh ja, das würde ein schöner Tag werden!

„Das heißt, ich soll mir von dir einen Vortrag anhören, warum halb nackte dicke Männer versuchen, sich gegenseitig auf den Boden zu stoßen?", hakte sie nach. „Gibst du dann endlich Ruhe?"

„Ruhe gebe ich erst, wenn du aufhörst, von halb nackten dicken Männern zu reden", machte er ihr klar.

„Wenn du dir da mal nicht etwas zu viel vorgenommen hast", murmelte sie und ging weiter, dicht gefolgt von Kater Brown, der sich immer wieder nach Tobias umsah, als wollte er ihn zum Mitkommen auffordern.

Tobias schnaubte ein paarmal mürrisch, dann aber schlenderte er hinter dem ungleichen Paar her in Richtung der Stände und Zelte.

„Komm schon!", rief Alexandra ihm zu. „Wir wollen schließlich nicht zu spät zu deinem Sumo kommen. Sonst sind die Plätze in der ersten Reihe alle weg."

„Es ist nicht ‚mein Sumo'", entgegnete er. „Und in der ersten Reihe wirst du ganz sicher nicht sitzen wollen."

Seine Antwort kam ihr so rätselhaft vor, dass sie für einen Moment ihren Vorsatz vergaß, Ahnungslosigkeit und Desinteresse vorzutäuschen, und Tobias verwundert anschaute. „Wie soll ich denn das verstehen?"

Sie sah etwas in seinen Augen aufblitzen, und sofort fragte sie sich, ob sie sich wohl mit ihrer Reaktion verraten hatte. Bevor er aber etwas sagen und sie womöglich entlarven konnte, ertönte ein gellender Schrei.

Beide blickten in die Richtung, aus der sie den Schrei gehört hatten. In der nächsten Sekunde kam ein in Tränen aufgelöster kleiner Junge um das erste Zelt gerannt und rief: „Jacky ist tot! Er hat Jacky umgebracht!"

2. Kapitel

Als Kater Brown den kleinen Menschen um die Ecke laufen sah, wich er ein Stück zurück, weil die Stimme so hell und so laut war, dass es ihm in den Ohren wehtat. Dieser kleine Mensch war so wie viele andere kleine Menschen einfach viel zu schrill. Er mochte die Stimme der Frau, die ihm regelmäßig Futter gab und ihn streichelte, und er mochte es auch, wenn der Mann redete, der ihn immer dann streichelte, wenn er ihn sah. Beide hatten eine ruhige Stimme, die auch viel tiefer war als die des kleinen Menschen dort vor ihnen.

Kater Brown ergriff nur nicht die Flucht vor ihm, weil er dem kleinen schreienden Menschen anmerken konnte, dass etwas Schlimmes passiert sein musste. Nicht, dass die Tonlage oder die Lautstärke ihn darauf gebracht hätte, denn so laut und schrill konnten kleine Menschen sein, wenn sie auf einem Spielplatz herumrannten und hinter einem Ball herliefen. Nein ... Dass hier etwas Ungewöhnliches vorgefallen sein musste, merkte er an der Reaktion der großen Menschen, „seine" beiden Menschen eingeschlossen. Von allen Seiten kamen sie zu dem kleinen Menschen gelaufen, knieten sich hin und redeten – zum Glück ganz leise – auf ihn ein.

Einen Moment lang wurde er von dem köstlichen Geruch abgelenkt, der aus dem großen weißen Haus zu ihm herüberwehte, hinter dem der kleine Mensch aufgetaucht war. Aber dann setzte sich ein ganzes Rudel Menschen in Bewegung und ging dorthin, woher der kleine Mensch zu ihnen gekommen war. Da Kater Brown wissen wollte, welchen Grund es für diese grellen Schreie gab, folgte er der Gruppe. Dem köstlichen Geruch konnte er sich später immer noch widmen.

Als Alexandra den köstlichen Duft wahrnahm, der von dem ersten Stand zu ihr getrieben wurde, hätte sie fast den kleinen Jungen vergessen, der um den toten Jacky weinte, wer immer das auch sein mochte. Sie hatte beim Näherkommen gesehen, dass dort von Gemüse bis Fisch alles Mögliche frittiert und mit verschiedenen Soßen serviert wurde, aber dieser Stand musste jetzt genauso warten wie alle anderen. Erst einmal wollten sie herausfinden, wer Jacky war und wer ihn auf dem Gewissen hatte.

Den Jungen, der vielleicht sechs oder sieben sein mochte, hatte der Vorfall jedenfalls so mitgenommen, dass er keinen vernünftigen Satz herausbrachte, obwohl ihn inzwischen mehrere Leute ansprachen.

Alexandra achtete genau darauf, wie sich die anderen Menschen verhielten, die herbeigeeilt waren, um sich um den Jungen zu kümmern. Dabei fiel ihr etwas auf. An Tobias gerichtet, sagte sie halblaut: „Möchte wissen, wo die Eltern von dem Kleinen sind."

Der kleine Junge erholte sich nun ein wenig von seinem Schrecken. „Da hinten – da ist es passiert!", rief er, gestikulierte wild und begann die Leute um ihn herum in eine bestimmte Richtung zu führen.

Nach ein paar Augenblicken zeigte Tobias nach vorn und sagte zu Alexandra: „Na, sieh dir das mal an, ein Tisch voller dicker Männer."

„Sumotori", korrigierte sie ihn.

„Gut. Du lernst schnell."

Alexandra grinste ihn an.

„Du musst jetzt sagen, dass du so schnell lernst, weil du einen so fantastischen Lehrer hast“, erklärte er, nachdem sie auf sein zweifelhaftes Lob nichts erwidert hatte.

„Könnte dir so passen“, konterte sie.

Sie waren inzwischen an der Rückseite weiterer Stände entlangmarschiert und dann um eine kleine Baumgruppe herumgegangen, hinter der man Tische und Bänke in mehreren Reihen aufgestellt hatte, die offenbar alle zu einem in der Nähe geparkten Foodtruck mit dem knallgrünen Schriftzug „Sumo Burger“ gehörten. An einem der Tische saßen sechs oder sieben Männer, die der Statur nach Sumoringer sein mussten. Allerdings waren sie nicht halb nackt, sondern trugen eine Art Morgenmantel in bunten Farben mit den verrücktesten Bildmotiven, wie zum Beispiel Mangafiguren und röhrende Hirsche. Alle hatten sie Pausbacken und Doppelkinn, und auf den ersten Blick war Alexandra nicht in der Lage, einen vom anderen zu unterscheiden. Verstärkt wurde das durch eine Einheitsfrisur: Es sah so aus, als hätte jeder von ihnen mehrere Handvoll Gel genommen, die Haare glatt nach hinten gekämmt, im Nacken einmal geknickt und die restlichen Strähnen gebündelt nach vorn gekämmt.

Erst beim näheren Hinsehen fielen ihr die unterschiedlichen Gesichtszüge auf: der Schwung der Augenbrauen, die Kontur der Nase und die Form der Lippen – all das war bei jedem Sumotori anders, sodass Alexandra sie nun klar voneinander zu unterscheiden vermochte.

Alle am Tisch waren auf ihr Essen konzentriert, während sich vom Foodtruck ein junger Mann mit hippem Rauschebart näherte. In jeder Hand hielt er ein Tablett, und was darauf lag, verdiente den Namen „Sumo Burger“.

„Die Burger sind ja wahre Monster", murmelte Alexandra. „An so einem Teil esse ich ja drei Tage."

„Während unsere Sumotori davon wahrscheinlich drei zum Frühstück verputzen", meinte Tobias.

Der Junge war mit zwei Frauen aus der Gruppe vorausgelaufen und am Tisch der Sumoringer angekommen, wo er laut heulend auf einen der massigen Männer zeigte und irgendwas rief, was sich ein wenig nach „Jakky" und „tot" anhörte.

„Oh Gott!", keuchte Alexandra, als sie erkannte, was der Junge offenbar meinte.

Der Sumotori, auf den er wies, trug einen Hello-Kitty-Morgenmantel, der an ihm unfreiwillig komisch wirkte. So wie es schien, hatte sich der Mann auf einen Hund gesetzt, da seitlich unter seinem beachtlichen Gesäß eine Hundeleine hervorlugte, an der sich eine Griffschlaufe befand. An einer Stelle sah es zudem danach aus, dass etwas braunes Fell unter dem Hello-Kitty-Muster hervorlugte.

Das Ganze hatte etwas Makabres an sich. Und eine Sache war so gut wie sicher: Der Hund konnte unter diesem menschlichen Berg aus Fleisch und Fett unmöglich überlebt haben.

Während die Gruppe um den kleinen Jungen wie erstarrt dastand, waren die Sumoringer in eine lautstarke, angeregte Unterhaltung vertieft, die sie nichts um sie herum wahrnehmen ließ. Alexandra sah zu Tobias, der sofort wusste, was sie meinte. Beide bahnten sie sich ihren Weg zwischen den anderen hindurch; und Alexandra hockte sich vor den Jungen, um ihm den Anblick seines zu Tode gequetschten Hundes zu ersparen. Kater Brown stand neben ihr und betrachtete den Jungen mit einer gewissen Skepsis, aber schließlich schien er sich ein Herz zu nehmen und kam näher, bis er in Reichweite des Kindes war. Der Junge betrachtete ihn mit Tränen in den Augen, dann beugte er sich langsam vor und streichelte dem Kater vorsichtig über den Kopf.

Tobias tippte unterdessen dem Sumoringer auf die Schulter, unter dem ein Hund zu Tode gekommen sein musste. Doch der Hüne zeigte keine Reaktion. Auch nicht beim nächsten Versuch. Beim dritten Anlauf bohrte Tobias die Fingerspitze so energisch in die Schulter, dass er befürchten musste, der Mann könnte sich umdrehen und ihm einen Schlag ins Gesicht verpassen. Tatsächlich reagierte der Mann, allerdings mehr so, als würde ihn etwas kitzeln. Er drehte den Kopf zur Seite und blickte verdutzt, als er Tobias sah.

Der deutete eine Verbeugung an, die von dem Sumotori und gleich darauf auch von dessen Kollegen erwidert wurde.

„Können Sie bitte aufstehen?“, sagte Tobias und wiederholte sein Anliegen auf Englisch, doch der Riese schaute ihn die ganze Zeit nur fragend an. Er versuchte es mit Gesten, die aber so aufgenommen wurden, als wollte er sie zum Trinken animieren – woraufhin die Sumotori ihre Gläser erhoben und ihm zuprosteten.

„Zeig ihm doch die Leine!“, rief Alexandra. „Vielleicht versteht er dann ja, was du von ihm willst!“

„Ja, gute Idee“, erwiderte er, griff nach der Leine und hielt sie so, dass der Sumoringer sie sehen konnte.

Der sah erstaunt auf die Leine und drehte sich um, so gut er konnte, um weiter nach unten schauen zu können. Dann hob er den Kopf und sagte etwas zu den anderen, die daraufhin, so wie er, schallend zu lachen begannen.

„Verdammt, weiß hier irgendjemand, wie man auf Japanisch ‚Aufstehen‘ sagt?“, fragte Tobias die anderen Leute, die den Jungen begleitet hatten, erntete aber nur hilfloses Kopfschütteln. Daraufhin zeigte er auf drei der

Männer unter ihnen. „Sie, Sie und Sie, kommen Sie her! Wir müssen versuchen, ihn von der Bank zu ziehen oder zu drücken – oder was auch immer!“

Die drei Angesprochenen standen unschlüssig da und wollten wohl eher wegrennen als helfen, so als wäre ihnen das Schluchzen des Jungen plötzlich ganz egal.

„Lieber Himmel!“, schimpfte Tobias. „Sollten wir ihn wütend machen, können wir immer noch weglaufen. Ein Sumoringer braucht für hundert Meter nicht ‚neun-Komma-noch-was‘ Sekunden, sondern das Gleiche in Minuten, weil er alle zwanzig Meter stehen bleiben muss, um sich von der Anstrengung zu erholen!“

Zwar schien das die Männer ein wenig mehr zum Helfen zu motivieren, aber in diesem Augenblick verlor ein anderer die Geduld.

Kater Brown sah sich um, dann ging er zu dem mutmaßlichen Hundemörder und stellte sich hinter ihm auf, sodass die Vorderpfoten in Höhe der Nieren auf dem Rücken des Mannes ruhten. Der Sumotori bekam davon nichts mit, da er sich längst wieder seinen Kollegen zugewandt hatte und sich mit ihnen angeregt unterhielt. Dann drückte Kater Brown genüsslich den Rücken durch und … fuhr die Krallen aus, die mühelos den Stoff des bunten Morgenmantels durchdrangen und sich in das Fleisch darunter bohrten.

Mit einem spitzen Schrei, der so gar nicht zu diesem Koloss passen wollte, sprang der Sumoringer auf und drehte sich um. Alexandra hielt dem Jungen die Augen zu, damit er nicht für den Rest seines Lebens das Bild seines zerquetschten Hundes mit sich herumtragen musste, und wandte den Kopf zur Seite, um sich ebenfalls den Anblick zu ersparen. Die anderen schnappten erschrocken nach Luft – und lachten dann erleichtert auf.

Als Alexandra das Gelächter hörte, schaute sie wieder nach vorn: Der tote Hund war … in Wirklichkeit ein Fellkissen, das der Sumotori mitgebracht haben musste, damit er es auf der harten Holzbank etwas bequemer hatte. Die Hundeleine lag zwar unter dem Kissen, war aber wohl nur dort liegen gelassen worden. Von einem Hund war weit und breit nichts zu sehen.

Alexandra, die dem Jungen immer noch die Sicht versperrt hatte, nahm ihre Hand weg.

„Wo ist Jacky?“, rief er aufgeregt, als er ebenfalls sah, dass sein Hund gar nicht der Urgewalt eines Sumotori zum Opfer gefallen war. Die Leute um ihn herum versuchten, ihn zu beruhigen.

Der Sumoringer selbst bekam von dem Geschehen ringsum nichts mit, nicht zuletzt wohl auch, weil er kein Wort von dem zu verstehen schien, was gesprochen wurde. Sein Blick war nur auf Kater Brown gerichtet, den er fasziniert ansah. Auch die anderen Sumotori waren auf den Kater aufmerksam geworden, der seinerseits zu wissen schien, dass die Aufmerksamkeit dieser schwergewichtigen Männer ihm galt. Immerhin saß er mit hoch erhobenem Haupt da und schaute mal nach links, mal nach rechts.

„Ich hoffe, die wollen ihm nichts tun“, sagte Alexandra besorgt. „Schließlich hat Kater Brown ihm die Krallen in den Rücken gebohrt.“

„Sieht nicht so aus“, gab Tobias zurück, während der Junge nun laut nach seinem Hund rief.

Nach kurzem Zögern zeigte der Sumotori auf den Kater und fragte Tobias etwas, aber der konnte nur mit den Schultern zucken. So wenig, wie der Mann vorhin verstanden hatte, dass er einen Hund platt gesessen haben könnte, wusste Tobias jetzt, was sein Gegenüber von ihm wollte.

Der Sumotori wies erneut auf Kater Brown und wiederholte seine Äußerung.

Tobias setzte eine Miene auf, die hoffentlich seine Ratlosigkeit erkennen ließ. „Ich weiß nicht, was Sie wollen, es tut mir leid."

„Der Rikishi fragt, ob er Ihre Katze auf den Arm nehmen darf", ertönte eine Stimme mit einem seltsamen Akzent hinter der Gruppe, die mit dem Jungen hergekommen war, um Jackys Mörder zur Rechenschaft zu ziehen.

Ein Mann in dunklem Anzug bahnte sich einen Weg zwischen den Leuten hindurch. Er musste ein Japaner sein, auch wenn sich Alexandra da nicht ganz sicher war. Auf jeden Fall hatte er eindeutig asiatische Gesichtszüge, und er redete mit dem gleichen Akzent, den sie von dem japanischen Buchhändler an der Immermannstraße in Düsseldorf kannte, bei dem sie des Öfteren ein spezielles Briefpapier kaufte, das sie sonst nirgends in der Stadt bekam.

„Es ist mein Kater", warf sie ein, da sie sah, dass dieser Mann sich, wie zuvor der Sumoringer, nur Tobias zuwandte.

Der Japaner im Anzug drehte sich zu ihr um und verbeugte sich sofort. „Verzeihen Sie meinen Irrtum, meine Dame. Ich ging davon aus, dass der Herr dort der Hüter dieses Katers ist, Frau ..."

„Berger, Alexandra Berger", stellte sie sich vor und verbeugte sich ebenfalls. „‚Hüterin' von Kater Brown. Und das ist mein Kollege Tobias Rombach."

„Kollege?"

„Wir sind Journalisten", erklärte Tobias ihm. „Und Sie sind?"

„Natsu Aoki, Herr Rombach. Ich bin einer der Dolmetscher, die für das Fest engagiert worden sind", antwortete der Mann in tadellosem Deutsch, das nur dadurch so ungewöhnlich klang, weil Aoki manche Wörter etwas anders betonte. Er sah zu dem Sumoringer, der eine kurze Pause nutzte, um seine Worte erneut zu wiederholen.

„Der Rikishi fragt –"

„Ja, ich weiß." Alexandra winkte ab. „Er will den Kater nur halten?"

„Selbstverständlich. Und vermutlich streicheln." Aoki legte den Kopf ein wenig schräg. „Was dachten Sie, was er mit Ihrem Kater tun würde?"

Sie hob die Schultern. „Ich habe ehrlich gesagt keine Ahnung. Aber hier ist offenbar schon ein Hund namens Jacky spurlos verschwunden, und solange ich nicht weiß, wer was mit diesem Tier gemacht hat …" Sie ließ den Satz unvollendet, aber als Aoki ernst nickte, wusste sie, er hatte ihrem Gedankengang folgen können.

Daraufhin stellte Aoki dem Sumotori eine Frage, aber das Einzige, was sie verstand, war das Wort „Jacky". Der Rest hörte sich faszinierend, aber auch äußerst schwer verständlich an. Der Mann schüttelte den Kopf und wandte sich an seine Sportskameraden. Eine kurze Diskussion kam auf, und plötzlich flog etwas in hohem Bogen durch die Luft, das einem Hund ziemlich ähnlich sah.

Der Junge kreischte entsetzt auf.

Doch der Sumoringer bewegte sich für seine Körperfülle überraschend schnell und fing das, was geworfen wurde, geschickt auf. „Jacky?", fragte er an den Jungen gerichtet.

Der Kleine sah ihn freudestrahlend an, nickte und nahm dann den Hund entgegen, der sich merkwürdigerweise kein bisschen bewegte. Dann schnappte der Junge sich noch die Leine und rannte ohne ein Wort des Dankes davon. „Mami, Mami, ich hab Jacky wieder!", rief er und war im nächsten Moment zwischen Bäumen und Büschen verschwunden.

„Aber das ist ja bloß ein Stoffhund gewesen", murmelte Tobias ungläubig. „Jacky – der Plüschhund? Und dafür das ganze Theater?"

Alexandra atmete sie zweimal tief durch, dann musste sie lachen. *‚Was für eine absurde Geschichte!‘* Sie bückte sich und nahm Kater Brown hoch, um ihn dem Sumoringer hinzuhalten. Der nahm ihr, begleitet von einer Verbeugung, den Kater mit einer unglaublichen Sanftheit aus den Händen, drückte ihn mit einem Arm behutsam gegen seinen beachtlichen Bauch und begann das glänzende Fell mit der freien Hand zu streicheln.

Kater Brown reagierte mit sofortigem lautem Schnurren und dem vergeblichen Bemühen, sich auf dem Arm auf den Rücken zu drehen. Die anderen Sumokämpfer verließen ihren Platz am Tisch und vergaßen ihre monströsen Hamburger, damit sie sich um den Mann im Hello-Kitty-Dress scharen konnten, um ebenfalls den Kater zu streicheln.

Immer wieder drehte sich einer von ihnen zu Alexandra um, lächelte sie an und sagte hastig etwas auf Japanisch. „Die Rikishi bedanken sich dafür, dass sie den Kater streicheln dürfen", erklärte Aoki und bestätigte das, was sie sich bereits gedacht hatte.

„Heißen die alle … Rikishi?"

„Rikishi ist kein Eigenname, sondern bloß ein anderes Wort für Sumotori. Der Mann, dem Sie Ihren Kater übergeben haben, heißt mit richtigem Namen, also mit seinem Kämpfernamen, Kosomito. Seinen Geburtsnamen kenne ich nicht. Hat ein Rikishi einen Kämpfernamen angenommen, kennt man ihn nur noch unter diesem."

Alexandra sah, wie Tobias beiläufig nickte, während er sich Aokis Ausführungen anhörte.

Das Handy des Dolmetschers klingelte, woraufhin er sich mit einer entschuldigenden Verbeugung ein paar Schritte zurückzog und leise telefonierte. Nachdem er fertig war, sagte er zu ihnen beiden: „Ich muss jetzt weiter. Frau Berger, Herr Rombach, es war sehr nett, Sie getroffen zu haben. Wenn Sie noch Fragen haben sollten, hier ist meine Nummer." Er gab jedem von ihnen eine Visitenkarte, verbeugte sich noch einmal und richtete dann ein paar Worte an die Sumoringer, die sich weiterhin liebevoll um Kater Brown kümmerten. Anschließend verabschiedete sich Aoki auch von ihnen.

Kosomito löste sich aus der Gruppe und übergab Alexandra den Kater, der in einen Kraulrausch verfallen war und so laut schnurrte, wie sie es bei ihm noch nie gehört hatte. Der Sumoringer verbeugte sich, und seine Kollegen taten es ihm gleich.

Auch Alexandra und Tobias verbeugten sich noch ein paarmal, bis sie sich schließlich wegdrehten und zurückgingen.

„Oh Gott, wenn das noch ein paar Minuten länger so gegangen wäre, hätte ich vom dauernden Verbeugen eine Kombination aus Kopf- und Rückenschmerzen gekriegt", stöhnte sie leise auf, nachdem sie den Stand erreicht hatten, hinter dem vorhin der in Tränen aufgelöste Junge aufgetaucht war. Sie ging in die Hocke, um Kater Brown auf dem Boden abzusetzen, da er allmählich unruhig wurde. „Wie halten diese Leute das bloß bei sich zu Hause aus?"

„Vermutlich werden sie mit einer Hornhaut rund ums Gehirn geboren", meinte Tobias grinsend. „Dann ist das nicht so schlimm, wenn der Kopf nach vorn zuckt."

Während sie mit der skurrilen Episode um den „toten" Jacky ihre Zeit verschwendet hatten, war es im Garten hinter Schloss Duckrath erstaunlich voll geworden.

Vor den Ständen drängten sich die Besucher, und Erwachsene und Kinder liefen von einer Seite auf die andere. Tobias hob schließlich Kater Brown hoch, weil er befürchtete, irgendjemand könnte das Tier übersehen und treten.

Im Vorbeigehen sahen sie Verkaufsstände mit Lampions, Landschaftsbildern und den für Alexandras Geschmack kitschig wirkenden Winkekatzen in allen möglichen Farben. In einem Zelt konnte man sich japanische Schriftzeichen, deren Bedeutung auf einer großen Tafel erklärt wurde, von einem Kalligraphen kunstvoll aufmalen lassen; in einem anderen hatte man die Möglichkeit, sich als Geisha, Samurai oder Sumotori verkleidet fotografieren zu lassen. Dazwischen wurden die unterschiedlichsten japanischen Gerichte angeboten, vom unvermeidlichen Sushi bis hin zu Reis in allen möglichen Varianten und Kombinationen.

„Wenn ich das so sehe, kriege ich Hunger", sagte Alexandra schließlich. „Wann fängt dein geliebtes Sumo an?"

„Halb eins, wenn ich mich nicht irre", antwortete Tobias und zog ein Faltblatt aus der Innentasche seiner dünnen Jacke. „Hmm … ja, halb eins. Wenn du willst, können wir vorher noch was essen."

„Gut. Und was?"

Er sah sich um. „Die Frage ist eher: Wo? Die Leute stehen überall Schlange."

„Da drüben nicht", sagte sie und streckte den Arm aus. „Komm mit."

Tobias folgte ihr zu dem Zelt, auf das sie gezeigt hatte. Nur drei Gäste hielten sich hier auf, und vier Tische waren noch frei. Als er auf die Tafel neben der Theke sah, stutzte er. „Willst du wirklich hier essen?"

„Ja, klar. Ich will nicht essen, was alle anderen haben wollen. Wer weiß, vielleicht entdecke ich hier ja ein Gericht, das mein Leben verändern wird."

„Wäre möglich", bemerkte er leise.

„Fugu", las sie vor und deutete auf eine Abbildung neben dem Wort. „Na, bitte. Fisch. Das ist doch okay, oder?"

Tobias nickte.

Sie sah sich die Menükarte genauer an, dann bestellte sie bei der Bedienung: „Einmal frittierten Fugu, bitte."

Die junge Frau nickte und gab die Bestellung an einen älteren Mann weiter, der offenbar der Koch war. Dann schaute sie Tobias an.

„Ich nehme auch eine Portion, aber bitte roh", sagte er.

Wieder gab die junge Frau die Bestellung weiter, dann reichte sie ihm eine kleine Flasche Sojasoße.

„Ich bezahle", wandte er sich an Alexandra, die eben ihre Geldbörse aus der Tasche holen wollte.

„Tobias …"

„Keine Widerrede, du übernimmst die nächste Runde", unterbrach er sie, nahm Besteck aus einer Plastikschale und ging mit Alexandra nach draußen, um sich an den Tisch vor dem Zelt zu setzen.

Kater Brown nahm auf dem Stuhl zwischen den beiden Platz und beobachtete interessiert die Umgebung, konzentrierte sich aber nie lange auf etwas Bestimmtes, sondern schaute immer wieder auf den Tisch. Ihm war eindeutig klar, dass es jeden Moment etwas zu essen geben würde. Da konnte er sich nicht die Gelegenheit entgehen lassen, früh genug zu betteln, um möglichst von allen beiden etwas zu bekommen.

„Ich glaube, wir hätten Kater Brown auch bei den Sumoringern lassen können", meinte Tobias amüsiert. „Die hatten ja wirklich einen Narren an ihm gefressen."

„Irgendwo habe ich mal einen Artikel darüber gelesen, dass Katzen in Japan besonders verehrt werden", bemerkte Alexandra. „Ich meine jedenfalls, es wäre Japan gewesen."

Er nickte. „Ja, ich glaube, an so was kann ich mich auch erinnern. Wir sollten später mal unseren netten Herrn Aoki fragen, was er uns dazu sagen kann. Vielleicht erfahren wir ja dann auch, was es mit den grinsenden Winkekatzen auf sich hat."

„Du weißt hoffentlich, dass wir einfach im Internet nachsehen können, wenn wir uns über etwas schlau machen wollen." Alexandra hielt ihr Smartphone hoch.

„Ja, aber das macht nicht so viel Spaß. Außerdem weiß ich nicht, wer das geschrieben hat. Da frage ich lieber einen echten Japaner, der mir das quasi aus erster Hand erklären kann", entgegnete Tobias.

„Falls er es erklären kann", wandte sie ein.

Er sah sie fragend an. „Warum sollte er das nicht?"

Alexandra lehnte sich zurück. „Ist dir schon mal aufgefallen, dass wir erwarten, dass uns jemand aus Japan oder Brasilien oder Polen zu allen Bräuchen und Ritualen seines Landes eine Erklärung liefern kann?"

Tobias zuckte mit den Schultern. „Ja, und?"

„Überleg mal: Wenn jetzt ein Japaner auf dich zukommt und von dir wissen will, wer auf die Idee gekommen ist, eine Kuckucksuhr zu bauen, warum ein Frankfurter Kranz so und nicht anders heißt, weshalb man eine Weißwurst mit süßem Senf isst … was antwortest du ihm dann?"

„Ähm … nächste Frage", gab er zurück und verzog ein wenig erschrocken den Mund.

„Ganz genau", sagte sie und nickte, als hätte er wirklich eine Antwort gegeben. „Wir wissen es nicht. Zum einen kennen wir in unserem eigenen Land Tausende von Traditionen überhaupt nicht, weil wir noch nie in einer Gegend gewesen sind, in der wir damit in Berührung kommen könnten. Zum anderen pflegen wir selbst manche Tradition, von der wir überhaupt nicht wissen, wie und woraus sie sich entwickelt hat. Aber warum denken wir immer, dass uns jeder Japaner die Winkekatze bis ins letzte Detail erklären kann? Oder dass jeder Franzose sich genau mit allen Weinanbaugebieten in seiner Heimat auskennt?"

„Gute Frage", antwortete er nachdenklich. „Das ... das ist einfach irgendwie so in uns drin, würde ich mal vermuten."

In diesem Moment wurde ihnen ihr Essen an den Tisch gebracht. „Einmal Fugu gegrillt, einmal Fugu roh", sagte die junge Frau und stellte die Teller hin.

„Sieht aus wie Backfisch in Streifen", befand Alexandra, als sie ihre Portion betrachtete. Dann sah sie auf Tobias' Teller. „Und das sieht aus wie ... na ja, wie ein paar Stücke roher Fisch."

Kater Brown stieg vom Stuhl auf den Tisch und näherte sich Tobias' Teller. Er schnupperte, dann fing er mit einem Mal zu knurren an. Das Nackenfell richtete sich auf, und er zog sich schnell auf seinen Stuhl zurück.

Alexandra stutzte. „Was ist denn mit ihm los?", wunderte sie sich. „Ob der Fisch wohl schon schlecht ist?"

„Er wird das Gift gerochen haben", antwortete Tobias auffallend beiläufig und nahm sein Besteck in die Hand.

„Sehr witzig", murmelte sie und zog seinen Teller heran, um an den rohen Fischstücken zu schnuppern. „Hm, riecht nach Fisch."

„Giftfisch", korrigierte er sie.

Sie schüttelte den Kopf. „Was sprichst du denn jetzt immer von Gift?"

„Na, der Fugu."

„Was meinst du mit ‚Na, der Fugu'?", fragte sie verständnislos. „Habe ich irgendwas verpasst?"

„Nein, überhaupt nichts", versicherte er ihr ironisch. „Fugu ist Muskelfleisch vom Kugelfisch."

„Und?", hakte sie nach, da sie mit dieser Erklärung wenig anzufangen wusste.

„Na ja, einige Partien des Kugelfischs sind hochgiftig, und wenn ein Koch nicht weiß, was er tut, kann es schnell das letzte Mahl werden, das man zu sich nimmt."

„Du …" Sie starrte ihn ungläubig an. „Du lässt mich giftigen Fisch essen?"

„Die giftigen Teile sind ja alle entfernt worden. Das Muskelfleisch ist in Ordnung. Das bisschen Gift, das da noch drinsteckt, ist für einen Menschen unschädlich."

„Woher willst du das wissen?", knurrte sie ihn an. „Hast du den Fisch vorher im Labor untersuchen lassen?"

„Keine Panik", erwiderte er beschwichtigend. „Ein japanischer Koch, der mit Kugelfisch hantiert, hat eine ganz spezielle Ausbildung absolviert. Der weiß genau, was er wegschneiden muss, damit sein Gast nicht auf der Stelle tot umfällt. Denn wer sich da einen Fehler leistet, der kann seine Karriere sofort vergessen."

„Ungefähr so wie derjenige, der den Fehler auf seinem Teller serviert bekommen hat?", spottete sie.

„Seit Jahrzehnten ist in Japan niemand mehr an falsch zubereitetem Fugu gestorben", hielt er dagegen.

„Dann wird's ja allmählich wieder Zeit, dass so was passiert", meinte sie ironisch. „Lass mich doch bitte, bitte das erste Opfer seit Jahrzehnten sein."

„Pass auf", sagte er ganz ruhig, legte ein paar dünne Streifen seines rohen Fischs übereinander und gab einen Schuss Sojasoße darüber. „Ich werde diesen Happen jetzt essen, und wenn ich in einer halben Stunde immer noch lebe, kannst du deinen frittierten Fugu auch essen. Einverstanden?"

„Eher verhungere ich“, gab sie zurück und wollte ihm am liebsten die Gabel aus der Hand schlagen. „Manche Risiken muss man wirklich nicht eingehen.“

Tobias nahm den Happen in den Mund und begann zu kauen. „Guck mal, ich lebe noch“, witzelte er mit vollem Mund.

„Das finde ich überhaupt nicht lustig!“, fauchte sie ihn an, verschränkte die Arme vor der Brust und wandte den Kopf zur Seite, um ihre Verärgerung zu zeigen.

„Hm, der Fisch ist irgendwie fade“, stellte er fest. „Das schmeckt vor allem nach So…“

Als er mitten im Satz abbrach, blickte Alexandra ihn wieder an – und erschrak: Er verdrehte die Augen und fiel dann seitlich vom Stuhl. „Tobias, es reicht! Das ist jetzt wirklich nur noch geschmacklos!“

Sie wartete geduldig, weil sie damit rechnete, dass er gleich wieder aufstehen und sich über seine Aktion krumm und schief lachen würde. Aber als einige Momente verstrichen, ohne dass etwas geschah, sprang sie auf und lief um den Tisch herum.

Tobias lag da und rührte sich nicht.

„Oh Gott!“, murmelte sie. „Der Fisch! Der verdammte Giftfisch!“ Sie sah sich um und rief entsetzt: „Einen Arzt! Schnell! Ich brauche einen Arzt!“

3. Kapitel

„Tobias! Tobias, sag doch was!", redete Alexandra auf ihn ein, während Kater Brown auf dem Stuhl saß und ihr interessiert zusah. Sie hatte sich neben Tobias gekniet, seinen Kopf auf ihren Oberschenkel gelegt und den Bewusstlosen sanft geschüttelt, doch er regte sich nicht. Immer wieder schaute sie in die Richtung, in welcher die beiden Teenager verschwunden waren, die sich gleich hilfsbereit gezeigt hatten und losgelaufen waren, um die Sanitäter zu holen, die irgendwo auf dem Gelände unterwegs sein mussten. „Du kannst doch nicht einfach tot umfallen! Das … so was macht man einfach nicht!"

„Kann ich irgendwas tun?", fragte die junge Bedienung besorgt, die ihnen das Essen an den Tisch gebracht hatte.

„Sie?", fuhr Alexandra sie an. „Sie und Ihr angeblicher Meisterkoch können nur beten, dass dieser Mann nicht stirbt! Sie … Sie …"

Kopfschüttelnd verstummte sie und schaute wieder auf Tobias. Warum war bloß kein Arzt unter den Besuchern, wenn man dringend einen brauchte? In jedem Film saß ein Arzt im Flugzeug oder im Theater oder im Restaurant, um in Aktion zu treten, sobald der Hauptdarsteller umkippte und sich nicht mehr rührte. In der Realität dagegen war das wahrscheinlich nie der Fall. Bestimmt gingen Ärzte im Privatleben nur dann aus dem Haus, wenn niemand sonst unterwegs war, der nach einem Arzt hätte rufen können …

„Verdammt", murmelte sie voller Verärgerung über den Unsinn, der ihr durch den Kopf ging.

Ein paar Leute waren mittlerweile vor dem Fugu-Zelt stehen geblieben und betrachteten neugierig Tobias. Zum Glück hatte bislang noch keiner der Schaulustigen sein Handy gezückt, um Tobias zu knipsen, wie der reglos am Boden lag.

„Wo bleiben nur die Sanitäter?", rief Alexandra den Leuten zu, die sich daraufhin umsahen und mit den Schultern zuckten.

Besorgt stöhnte Alexandra auf. Vielleicht waren die beiden Teenager auf ihrer Suche von irgendwem aufgehalten worden. Am liebsten wäre sie selbst losgelaufen, um schnellstmöglich die Sanitäter zu finden, aber sie wollte Tobias nicht allein hier zurücklassen. Wenn er … Oh Gott, sie wollte das am liebsten nicht mal denken, aber … aber wenn er an diesem verdammten Giftfisch starb, dann sollte sie an seiner Seite sein. Sie konnte unmöglich weglaufen und ihn allein zurücklassen. Wie müsste er sich fühlen, wenn er noch ein letztes Mal die Augen aufschlagen würde – und sie wäre nicht mehr bei ihm? Wenn sie doch nur irgendetwas für ihn hätte tun können! Er konnte jetzt nicht einfach so sterben, er war doch … Alexandra stutzte. So deutlich wie in diesem Augenblick war ihr noch nie bewusst gewesen, wie viel Tobias ihr bedeutete. Und wie seltsam ihr ein Leben ohne ihn vorkommen würde.

Gerade wollte sie seinen Kopf von ihrem Oberschenkel auf ihre zusammengerollte Jacke verlagern, da geschahen drei Dinge auf einmal:

Aus der einen Richtung kamen zwei Rettungssanitäter herbeigeeilt, die eine Trage vor sich herschoben. Gleichzeitig spazierte eine ältere Frau um das Zelt herum, blickte suchend auf den Boden und rief erfreut: „Da ist ja mein Golfball!“ Und Tobias selbst hustete ein paarmal, dann flüsterte er: „Küss mich!“

Alexandra schaute die Frau an, die sich soeben bückte wollte, um tatsächlich einen Golfball aufzuheben, der nur zwei Schritte von ihr und Tobias entfernt im Gras lag. „Moment mal, wie kommt Ihr Golfball dorthin?“, wollte sie wissen.

„Na, hinter der Baumreihe da drüben läuft das japanische Golftraining für jedermann, und da mache ich mit“, antwortete die Frau mit den hochtoupierten Haaren.

Alexandra legte Tobias’ Kopf behutsam auf die Erde, stand auf und ging zu der Frau. „Schön. Aber wie kommt Ihr Golfball hierhin, wenn Sie da hinten üben?“

„Ach, wissen Sie, ich habe meinen Lebtag noch nie Golf gespielt“, gestand sie lachend, „und gleich der erste Schlag war eine Katastrophe. Dieser Ball hier ist hoch über das Feld geflogen, von dem Baum da drüben abgeprallt und dann offenbar hier gelandet.“

„Gerade eben?“, hakte Alexandra nach, die plötzlich ahnte, was ihrem Freund tatsächlich passiert war.

„Ja, ja, vor ein paar Minuten“, versicherte ihr die ältere Frau, wurde dann aber skeptisch. „Warum wollen Sie das so genau wissen?“

„Weil Ihr Golfball allem Anschein nach meinen Kollegen bewusstlos geschlagen hat, gerade als wir hier mit dem Essen angefangen haben!“, fuhr sie die Frau an.

„Ist das der Mann?“, fragte einer der Rettungssanitäter, ein großer, schlaksiger Kerl.

„Küss mich!“, murmelte Tobias erneut.

„Der mit der Vergiftung?“, hakte der Sanitäter nach.

„Ja“, antwortete Alexandra und nahm rasch den Golfball an sich, bevor die Frau ihn einstecken konnte. „Das heißt … Nein, … wohl doch nicht …“ Sie streckte dem Mann die Hand entgegen, in der sie die kleine weiße Kugel hielt. „Das hier war wohl der Grund."

Der Rettungssanitäter sah sie verdutzt an. „Was hat ein Golfball mit einer Vergiftung zu tun?"

„Mein Kollege ist offenbar von diesem Golfball am Kopf getroffen worden, gerade als er den giftigen Fisch runtergeschluckt hat. Darum hat das für mich so ausgesehen, als wäre er wegen einer Fischvergiftung vom Stuhl gefallen."

„Ah, verstehe. Aber von Fugu fällt keiner um, wenn der von einem ausgebildeten Koch zubereitet wird. Trotzdem würde ich persönlich von diesem Fisch abraten, weil ein kleines bisschen Gift immer drinbleibt, das für leichte Rauschzustände sorgen kann." Der Sanitäter zog Latexhandschuhe an und kniete sich neben Tobias, dann tastete er dessen Hinterkopf ab und nickte bestätigend. „Ja, da ist die Beule. Nicht allzu groß. Wir werden ihn mit–"

„Wo bin ich?", rief Tobias plötzlich und riss die Augen auf. „Was ist los? Was ist passiert?" Er richtete sich langsam auf, fasste sich schmerzhaft stöhnend an den Hinterkopf und sah sich dann verwundert um. „Alexandra? Was ist los?"

„Dein Giftfisch hat dir zur Strafe einen Schlag auf den Hinterkopf gegeben", knurrte sie ihn an, woraufhin die beiden Sanitäter zu lachen begannen.

„Wie bitte?", fragte er ungläubig.

„Schon gut, Tobias, war nur ein Witz", sagte sie. „Du bist von diesem Golfball getroffen worden."

„Wo kam der denn her?"

„Der kam von mir", antwortete die ältere Frau und machte eine betretene Miene. „Ich fürchte, das nennt man wohl einen Querschläger. Wie geht es Ihnen?"

Er wollte den Kopf schütteln, zuckte aber leicht zusammen und verzog das Gesicht. „Das tut weh. Sie haben aber einen ordentlichen Schlag drauf."

„Das war pures Anfängergl…“ Die Frau verstummte abrupt und räusperte sich, da ihr bewusst geworden war, was sie da gerade hatte sagen wollen. „Ich habe keine Übung; ich habe einfach ausgeholt und den Ball weggeschlagen. Ich hoffe, Sie tragen keine bleibenden Schäden davon …“

Tobias winkte ab. „Da kommen Sie ein paar Jahre zu spät; die habe ich schon anderen Leuten zu verdanken.“

Die Frau sah zu Alexandra. „Ist mit ihm alles in Ordnung?“

Alexandra konnte sich ein Grinsen nicht verkneifen, da sie passend zu Tobias’ Bemerkung gern ergänzt hätte, dass mit ihm noch nie alles in Ordnung gewesen war. Aber das behielt sie für sich. „Das wird wohl nur ein Arzt feststellen können“, antwortete sie stattdessen.

„Wissen Sie was?“, sagte die Frau und öffnete ihre Handtasche, die sie über die Schulter trug. „Ich gebe Ihnen meine Visitenkarte, und falls es irgendwelche Probleme gibt, melden Sie sich einfach. Einverstanden?“ Sie sah sich auf dem Gelände um. „Vielleicht sollte jemand dem Veranstalter sagen, dass dieses Golfgelände viel zu nah an den anderen Ständen liegt. Da kann ja noch wer weiß was passieren.“

„Ja, es könnte zum Beispiel jemand von einem Golfball am Kopf getroffen werden“, meinte Tobias und zwinkerte Alexandra zu.

Die ältere Frau erkundigte sich noch zweimal nach Tobias’ Befinden, ehe sie sich verabschiedete und mit ihrem Golfball in der Hand wegging.

„Was für eine nette ältere Dame“, merkte Tobias an.

Alexandra warf ihm einen zweifelnden Blick zu. „Dir ist aber bewusst, dass sie es war, die dich mit dem Golfball außer Gefecht gesetzt hat, oder?“

„Ja, aber sie hätte ja auch richtig zickig rüberkommen können“, erklärte er. „Zum Beispiel so, als wäre es meine eigene Schuld, weil ich nicht den Kopf früh genug zur Seite genommen habe."

„Dann hätte ich ihr aber was anderes erzählt", sagte Alexandra. „Und ich hätte sie zum Sicherheitsdienst gezerrt, damit sie festgehalten wird, bis die Polizei kommt, um die Anzeige wegen Körperverletzung aufzunehmen."

„Hmm, Alex der Racheengel ..." Er sah sie fast bewundernd an. „So gefällst du mir."

„Na, wenn das so ist", konterte sie mit spitzer Zunge, „werde ich das natürlich lieber bleiben lassen. Ich möchte ja nicht Gefahr laufen, dir zu gefallen."

Tobias lachte. „Dafür ist es jetzt schon zu spät, werte Kollegin", sagte er und schaute sie auf eine ausgesprochen rätselhafte Weise an.

Alexandra beschloss, sich nicht weiter zu äußern, weil sie sich nicht sicher war, in welche Richtung sich diese Unterhaltung entwickeln würde.

Zehn Minuten später war die Aufregung vorüber. Die Rettungssanitäter hatten sich auf Tobias' Drängen mit ihrer Trage zurückgezogen und ihn in Ruhe gelassen.

Jetzt waren sie unterwegs zum Dohyo, wo in wenigen Minuten das Sumoturnier beginnen sollte.

Alexandra sah Tobias beunruhigt von der Seite an. „Findest du nicht, die Sanitäter hätten dich mitnehmen sollen, um dich noch eine Weile zu beobachten?", fragte sie.

„Auf keinen Fall. Ich fühle mich gut; ich habe keinen Schwindel, und meine Augen spielen mir keinen Streich", beteuerte er. „Bloß die Beule tut noch ein bisschen weh. Aber wenn die Schmerztablette erst mal wirkt, ist das auch vorbei."

„Du könntest eine Gehirnerschütterung davongetragen haben. Mit so etwas ist nicht zu spaßen!"

Er winkte beiläufig ab. „Die zwei Jungs haben mich gründlich untersucht, und wären sie über meinen Gesundheitszustand besorgt gewesen, dann hätten sie mich nicht einfach wieder gehen lassen."

„Einfach gehen lassen?", wiederholte Alexandra. „Du musstest ein Formular unterschreiben, dass du auf eigenen Wunsch nicht weiterbehandelt wirst, damit du nachher niemanden verklagen kannst, wenn es Komplikationen geben sollte."

„Ja, und auf dem Formular haben die beiden auch angekreuzt, dass sie eine Untersuchung in einer Praxis oder einem Krankenhaus empfehlen – und es war nur , empfehlen'. Da drüber gibt es noch ‚dringend empfehlen' und ‚dringendst empfehlen', wovon aber keine Rede gewesen ist", erklärte er geduldig. „Außerdem will ich nicht das Sumoturnier verpassen. Und vielleicht ereignet sich hier ja heute noch irgendwas richtig Bedeutsames, das ich persönlich miterleben sollte, anstatt es erst morgen in der Zeitung zu lesen."

„Du bist sehr optimistisch", sagte Alexandra und ließ sich von ihm zu einem Platz auf der linken Tribüne führen, die im Schatten lag. „Unsere zwei bisherigen ‚Großereignisse' haben sich schließlich beide als falscher Alarm entpuppt. Ich kann mir nicht vorstellen, dass sich auf diesem beschaulichen Familienfest tatsächlich irgendetwas Spektakuläres ereignen sollte."

„Welche zwei Großereignisse?", fragte er verständnislos.

„Hm, falls du die schon vergessen hast, solltest du vielleicht doch besser zu den Sanitätern gehen", schlug sie besorgt vor, als sie sich hinsetzte.

„Gib mir ein Stichwort, dann kannst du ja selbst beurteilen, ob ich noch weiß, was los ist", forderte er sie auf.

„Jacky …"

„Der Stoffhund, der entgegen allen Befürchtungen nicht von einem Sumoringer zerquetscht worden ist", antwortete er prompt. „Und Nummer zwei?"

„Der Fugu …"

„Die tödliche Vergiftung, hervorgerufen durch einen Golfball." Er grinste sie an. „Zufrieden? Als Großereignisse würde ich die zwei Sachen aber nicht bezeichnen."

„Sondern?"

Er zuckte mit den Schultern und hob Kater Brown auf den Platz neben Alexandra, dann setzte er sich zu ihr. „Keine Ahnung … Vielleicht als Sommerlöcher im Frühling."

Alexandra schüttelte den Kopf. „Schon okay, ich merke, du bist wieder ganz der Alte. Ach, sag mal, von wem hast du eigentlich geträumt, als du ohnmächtig warst?"

„Träumt man, wenn man ohnmächtig ist?"

„Frag *mich* das nicht. *Du* warst schließlich ohnmächtig."

Tobias zog die Augenbrauen zusammen. „Habe ich denn irgendetwas getan, das danach aussah, als würde ich träumen."

„Ja, du hast zweimal geredet."

„Tatsächlich? Was habe ich denn gesagt?"

Sie würde ihm nicht erzählen, dass er irgendwen – vermutlich sie – dazu aufgefordert hatte, ihn zu küssen. Wenn er sich nicht daran erinnern konnte, sah es am Ende noch so aus, als hätte sie sich diese Worte bloß eingebildet, weil es das war, was sie von ihm zu hören wünschte. Oder aber er stellte sich ganz dumm und küsste sie hier und jetzt, wenn sie es ihm sagte, obwohl sie nur seinen Satz wiedergeben wollte. „Keine Ahnung. Du hast so genuschelt – das kann alles Mögliche bedeutet haben. Wäre der Fisch tatsächlich giftig gewesen, dann wären deine letzten Worte jedenfalls nicht für die Nachwelt erhalten geblieben."

„Schade", fand er. „Da muss ich wohl einen guten Spruch in mein Testament aufnehmen, damit ich nach meinem Ableben mit etwas Vernünftigem zitiert werde."

Alexandra gelangte zu dem Schluss, dass sie unbedingt das Thema wechseln musste. Irgendwie hatte sie das Gefühl, dass er genau wusste, was er gesagt hatte, und sich auch daran erinnern konnte, wer damit gemeint war. Vielleicht würde sie ihn irgendwann mit einer Bemerkung überrumpeln können und doch noch die Wahrheit aus ihm herausholen. Irgendwann später, aber nicht jetzt.

Alexandra sah auf die Uhr. „Müssen die nicht bald anfangen?", fragte sie. „Es ist kurz nach halb eins."

„Die kommen jeden Moment raus", sagte er und streichelte Kater Brown, der aufrecht dasaß und das Geschehen um sich herum genau beobachtete. „Ich kann dir ja in der Zwischenzeit –"

Alexandras Handy klingelte. Sie holte es hervor und schaute aufs Display. „Oh, das ist meine Mutter."

„Sag ihr, du rufst gleich zurück; da sind nämlich die Sumotori", riet er ihr und zeigte auf eine Tür im Seitenflügel des Schlosses. Mindestens ein Dutzend Sumoringer kamen dort nach draußen.

„Geht nicht, meine Mutter war heute beim Arzt, um die Resultate ihrer letzten Untersuchungen zu erfahren", erklärte sie ihm. „Ich will wissen, was dabei herausgekommen ist. Ich bin gleich wieder da." Sie stand auf und verließ die Tribüne.

Als sie nach gut zehn Minuten zurückkam, war das Turnier bereits in vollem Gange. Sie setzte sich auf ihren Platz und stutzte. „Wo ist Kater Brown?"

„Der ist zielstrebig losgelaufen, kurz nachdem du zum Telefonieren weggegangen bist. Ich dachte, er wäre dir gefolgt."

„Nein, ist er aber nicht."

Tobias legte eine Hand auf ihre und sagte: „Ich weiß, du möchtest jetzt am liebsten loslaufen und nach dem Kater suchen, aber das ist sicher nicht nötig. Er will sich bestimmt unbedingt irgendwas ansehen, von dem nur Katzen begreifen, warum sie es sich ansehen, und dann ist er in ein paar Minuten wieder hier." Er zwinkerte ihr zu. „Vielleicht fängt er gerade wieder einen Mörder. Wundern würde es mich nicht."

„Mal nicht den Teufel an die Wand", ermahnte sie ihn. „Wir hatten heute schon beinahe einen toten Plüschhund und einen toten Giftfischesser, dessen Namen ich hier lieber nicht nennen will. Das reicht mir. Aller guten Dinge sind drei, und aller schlechten wahrscheinlich auch – was bedeuten dürfte, dass der dritte Tote dann tatsächlich tot sein würde."

„Reden wir über was anderes", schlug er vor. „Wie geht es deiner Mutter?"

„Blendend", antwortete sie. „Sie ist kerngesund, eigentlich sogar noch gesünder als kerngesund, und sie lässt dich grüßen."

„Danke, bestell ihr von mir auch einen schönen Gruß. Hat sie gefragt, wann wir beide heiraten werden?"

Alexandra seufzte. „Werde ich den Tag erleben, an dem du mich nach einem Telefonat mit meiner Mutter *nicht* fragst, ob sie gefragt hat, wann wir beide heiraten werden?"

„Na klar. Wenn wir beide verheiratet sind. Dann hat sich die Frage schließlich erledigt."

Sie schüttelte den Kopf und verdrehte die Augen. „Bevor das passiert, werde ich mich lieber dreimal am Tag von meiner Mutter fragen lassen."

„Dann hat sie also danach gefragt."

Sie nickte und seufzte noch einmal, dann wechselte sie abrupt das Thema. „Habe ich viel verpasst?"

„Nicht, was die Kämpfe angeht. Das war jetzt gerade der vierte Kampf, als du zurückgekommen bist. Davor liefen die üblichen Rituale ab, und unser neuer Freund, Herr Aoki, hat die Spielregeln erklärt."

„Der vierte Kampf?", rief sie erschrocken. „Ich war doch keine zwei Stunden weg!"

Tobias musste leise lachen. „Es hätte sogar schon der siebte oder achte Kampf sein müssen, aber gleich nach dem ersten haben sich die Schiedsrichter erst mal ein paar Minuten lang beraten, weil nicht ganz klar war, wer zuerst den Boden berührt hat."

„Kämpfen die mit Lichtgeschwindigkeit, oder wieso geht das so schnell?"

„Sieh einfach hin", sagte er und zeigte auf den Ring. Zwei Sumotori betraten soeben den Wettkampfplatz. Beide warfen etwas auf den Boden, dann hockten sie sich hin und starrten sich eine Weile an. „Was haben die hingeworfen?", wollte sie wissen.

„Salz. Das dient der rituellen Reinigung des Rings", erklärte Tobias.

Ein Schiedsrichter in einem weiten, bunten Gewand und mit einem seltsam geformten Hut auf dem Kopf stand neben den beiden halb nackten Männern, die sich immer noch belauerten. Wie auf ein geheimes Zeichen hin schossen die Kämpfer urplötzlich aufeinander zu, wobei der Sumoringer, der aus Alexandras Perspektive links gestanden hatte, der geballten Wucht des anderen offenbar nichts entgegensetzen konnte. Nach dem heftigen Zusammenprall – hätte sie so etwas am eigenen Leib erfahren, wären ihr bestimmt mehrere Rippen gebrochen worden – geriet der linke Kämpfer in eine Rückwärtsbewegung; und nach nur drei Schritten hatte er den Ring verlassen, wobei der Sieger ihn noch schnell festhielt, damit er nicht von dem erhöhten Ring in die Tiefe stürzte.

Der Schiedsrichter, der den sekundenlangen Kampf mit lautstarken Anfeuerungsrufen begleitet hatte, verkündete den Sieger. Dann verließen beide Kämpfer den Ring, und zwei andere stiegen die Stufen hoch, um als Nächste anzutreten.

„Das war schon alles?", fragte Alexandra erstaunt.

„Was hattest du erwartet?"

„Na ja, so was wie beim Ringen … oder beim Judo … Halt ein langes Hin und Her."

Tobias schüttelte den Kopf. „Das macht den Reiz dieses Sports aus. Du musst von der ersten Sekunde an auf deinen Gegner losgehen und zusehen, dass du ihn entweder aus dem Ring drängst oder aus dem Gleichgewicht bringst, sodass er mit einer anderen Körperpartie als den Fußsohlen den Boden berührt."

Sie zog die Augenbrauen hoch. „Dann ist das nur so eine Art … Ruckizucki-Sport?"

„Nein, das kann man so nicht sagen. Was du gerade gesehen hast, war ein Kampf zwischen einem Sumotori, der schon einiges an Erfahrung hat, und einem relativen Neuling. Anfänger werden einfach durchgereicht, bis sie genug Erfahrung haben, um etwas entgegensetzen zu können. Bei gleichstarken Kämpfern kann so ein Duell auch schon mal eine ganze oder anderthalb Minuten dauern."

„Ganz ohne Pause?", warf sie ironisch ein.

Er zuckte mit den Schultern. „Sumo ist kein Sport, bei dem man es mit Ausdauer zu etwas bringen kann. Deshalb ist ein Duell körperlich auch extrem belastend, wenn man selbst um die hundertfünfzig Kilo wiegt und dabei versuchen muss, einen genauso schweren Gegner nicht nur am Vorrücken zu hindern, sondern ihn auch noch in eine Rückwärtsbewegung zu bringen, während der umgekehrt genau das Gleiche macht."

„Dann müssen die zwei in dem Fall also warten, bis einen von ihnen die Kräfte verlassen?"

„Nein, es gibt irgendein Zeitlimit, dann wird abgebrochen." Er zeigte auf die beiden Kämpfer, die soeben den Ring betreten hatten und aufeinander losgegangen waren. „Da! Siehst du das? Das ist eine Technik, für die man schon mehr Erfahrung und Können braucht. Mit dem Griff an den Mawashi."

„An den Ma... – was?", fragte sie.

„Mawashi: So heißt der Gürtel", erläuterte er. „Wenn der eine Kämpfer einen guten Griff am Mawashi des Gegners landet, dann kann der mehr oder weniger schon aufgeben, weil der andere nun in der Lage ist, ihn mit dem Griff hochzuheben und buchstäblich aus dem Ring zu stellen. Was du gerade eben da unten beobachten konntest."

Sie sah Tobias ein wenig überrascht an. „Sag mal ... du kennst dich wirklich damit aus, wie?"

Er zuckte mit den Schultern. „Ich finde Sumo absolut faszinierend. Dieser Sport reicht mindestens bis ins elfte oder zwölfte Jahrhundert zurück, und seitdem hat sich an den Regeln nichts Grundlegendes geändert. Sumo ist so ... Ich weiß gar nicht, wie ich das bezeichnen soll ... Man kann nicht wie beim Laufen seinem Gegner erst mal einen Vorsprung lassen und darauf lauern, dass der sich verausgabt. Man hat auch nicht wie beim Speerwurf oder Weitsprung soundso viele Versuche; man kann nicht sagen: , Ich steigere mich langsam.' Man muss sofort voll da sein."

Alexandra nickte und lächelte ihn an. „Schön, dass du dich so dafür begeistern kannst."

Er wollte noch etwas erwidern, aber in diesem Augenblick kehrte Kater Brown zurück, sprang auf Alexandras Schoß und warf ihr einen Fetzen Papier hin. Dann sah er sie abwartend an.

„Wo hast du dich denn rumgetrieben?", fragte sie.

„Was würde ich dafür geben, wenn der Kater dir nur ein einziges Mal ‚Geht dich nichts an' antworten würde", meinte Tobias.

„Tu nicht so; du redest auch mit ihm und stellst ihm Fragen", hielt sie dagegen.

„Das sind rhetorische Fragen", behauptete er lachend.

„Und was soll das jetzt sein?" Sie hielt den Papierfetzen hoch und betrachtete die japanischen Schriftzeichen. „Wenn das hier Kater Brown geschrieben hat, dann ist es kein Wunder, dass er nie auf unsere Fragen antwortet. Er spricht nur Japanisch."

Tobias sah sich den Schnipsel an. „Hm, was sollen wir denn damit anfangen?"

„Keine Ahnung. Aber Kater Brown wird wohl einen Grund gehabt haben, mir diesen Papierfetzen zu bringen."

Tobias warf ihr einen skeptischen Blick zu. „Meinst du wirklich?"

„Vielleicht will er, dass ich ihm folge, damit er mir zeigen kann, was er entdeckt hat."

„Er verhält sich aber nicht wie Lassie, sondern sitzt nur auf deinem Schoß und sieht dich an", gab er zu bedenken. „So kann er dir nichts zeigen."

„Hmm", machte Alexandra. „Warten wir einfach mal ab, was noch kommt." Dass der Kater ihr diesen Schnipsel gebracht hatte, musste gar nichts bedeuten. Dennoch hatte sie ein ungutes Gefühl bei der Sache.

Ein weiterer Kampf begann, und im nächsten Moment sah sie zu ihrer Bestürzung, wie einer der Sumotori aus dem Ring gestoßen wurde und inmitten der Zuschauer in der ersten Reihe landete.

„Und jetzt hast du gesehen, weshalb man nicht in den vordersten Reihen sitzen sollte", merkte Tobias ironisch an.

„Mein Gott, hat es da schon Tote gegeben?"

„Weiß ich nicht, aber zumindest einige Knochenbrüche." Dann fügte er hinzu: „So, wie Japaner ihre Sumotori verehren, ist das wahrscheinlich auch noch eine besondere Ehre für die Verletzten."

Der nächste Kampf dauerte überraschend lange, wie Alexandra nun fand. Nachdem die meisten Duelle keine fünfzehn Sekunden gedauert hatten, verging diesmal weit über eine halbe Minute, ehe die Entscheidung fiel.

„Ist das hier eigentlich das Gleiche, was man auch in Japan zu sehen bekommt?", wollte sie wissen. „Oder ist das so was wie eine … eine europäisierte Version, damit das leichter nachvollziehbar ist?"

„Nein, nein, das ist genauso, wie man es im Fernen Osten zu sehen bekommt. Der einzige Unterschied besteht im Können der Kämpfer. Die Sumotori, die hier antreten, kämpfen alle in der zweiten Liga, der Juryo-Division. Die oberste Liga ist die Makuuchi-Division, da sind die –"

„Oh, warte mal, was ist jetzt los?", unterbrach sie ihn, da auf einmal nur ein Kämpfer in den Ring trat, während der Schiedsrichter eine Schriftrolle hochhielt und etwas auf Japanisch verkündete.

Bevor Tobias antworten konnte, nahm der Dolmetscher Aoki das Mikrofon an sich und gab bekannt: „Der Rikishi Hasatoryu gewinnt kampflos, da Rikishi Miriyokami nicht zum Kampf erschienen ist. Wir …"

Weiter kam er nicht, da in diesem Moment einer der jüngeren Helfer der Sumotori aus dem Schloss stürmte und aufgeregt etwas rief. Gleichzeitig sprang Kater Brown von Alexandras Schoß und lief nach unten, um sich vor Aoki hinzusetzen und dabei Alexandra und Tobias anzusehen, als wollte er sie auffordern, ihm zu folgen.

Der junge Mann redete mit zwei älteren Japanern in Designeranzügen, die wie Sportfunktionäre aussahen. Dann winkten die beiden Aoki zu sich, sagten ihm etwas und folgten dem jungen Mann ins Schloss.

Aoki wandte sich an die Zuschauer und fragte: „Ist wohl zufällig ein Arzt hier anwesend?"

Eine Frau um die vierzig in legerer Kleidung meldete sich.

Aoki nickte ihr zu. „Dürfte ich Sie bitten mitzukommen?"

Die Frau ging zu ihm und eilte dann mit ihm zusammen auf den Schlosseingang zu. Daraufhin setzte sich auch Kater Brown in Bewegung und folgte ihnen.

„Los, komm!", sagte Alexandra zu Tobias. „Ich will wissen, was da los ist."

„Aber wir sind doch keine Ärzte", wandte er ein.

„Aber wir sind Journalisten, und es sieht so aus, als ob es da was zu berichten gibt."

Er verzog den Mund. „Gib wenigstens zu, dass du nur wissen willst, ob der ‚Mörder-Radar' deines Katers wieder angeschlagen hat."

Sie stand auf und zog ihn hinter sich her. „Ich würde es lieber nicht wissen wollen; aber ich glaube, der Kater wird es mir nicht verzeihen, wenn ich ihn ignoriere."

4. Kapitel

Alexandra und Tobias folgten den zwei anderen ins Schloss, wo sie durch einen Korridor liefen und eine Treppe hinunterstiegen. Schließlich fanden sie sich in einem Fitnessraum wieder. An einer Wand standen verschiedene Trainingsgeräte nebeneinander angeordnet, und auf dem Laufband lag ein Mann, unverkennbar ein Sumoringer. Um ihn herum standen zwei weitere Sumotori, zwei mutmaßliche Funktionäre und ein Mann in einem dunkelblauen Overall, der einen Schlüsselbund in der Hand hielt und offenbar zum Hausmeisterteam von Schloss Duckrath gehörte. Aoki ging mit der Ärztin zu dem schräg auf dem Laufband liegenden Mann, und sie kniete sich neben ihm nieder.

Es dauerte nur wenige Augenblicke, dann schüttelte die Frau den Kopf und sagte zu Aoki: „Es tut mir leid, aber ich kann nichts mehr für ihn tun. Er ist tot."

Aoki übersetzte die betrübliche Neuigkeit ins Japanische; die anderen Männer senkten den Kopf und schwiegen bestürzt.

Die Ärztin stand auf und gab Tobias ein Zeichen. „Sie da, können Sie mir zwei oder drei Decken von dem Stapel da drüben geben?"

Als er mit ein paar Decken zu ihr gehen wollte, stellte sich ihm Kater Brown auf einmal in den Weg und setzte sich hin.

„Hey, muss das sein?", fragte Tobias, der stehen blieb, da der Kater nicht zur Seite gehen wollte. Kater Brown sah ihn an und begann leise zu knurren. „Sag mal, was ist denn jetzt mit dir los?"

Alexandra musste sich ein Grinsen verkneifen, als sie Tobias reden hörte. *Das sind ganz eindeutig keine rhetorischen Fragen*, ging ihr durch den Kopf, nur war das jetzt kein passender Moment, um ihn darauf hinzuweisen.

Aoki kam Tobias entgegen, um ihm die Decken abzunehmen. Kater Brown rührte sich weiter nicht von der Stelle, auch nicht, als über seinen Kopf hinweg die Decken weitergereicht wurden.

„Man muss einer Katze immer ihren Willen lassen“, erklärte Aoki an Tobias gerichtet. „Sagen Sie sich immer: Eine Katze sitzt dem Menschen nicht im Weg, der Mensch hat nur den falschen Weg gewählt.“

„Konfuzius?“, fragte Tobias.

„Aoki“, gab der Dolmetscher zurück und ging zu der Ärztin.

Kater Brown sah die ganze Zeit über Alexandra an, als wollte er ihr etwas mitteilen.

Wenn sie nur gewusst hätte, was das bedeuten sollte.

„Lässt sich schon irgendetwas zur Todesursache des Rikishi Miriyokami sagen?“, fragte Aoki, als er eine Decke nach der anderen über dem Toten ausbreitete.

Die Ärztin zuckte mit den Schultern. „Mit neunundneunzigprozentiger Sicherheit Herzversagen. Aber das ist ja auch kein Wunder. Überlegen Sie mal, was das Herz bei diesem Körpergewicht allein im Ruhezustand leisten muss. Und wenn Ihr Mann da auch noch das Laufband benutzt hat, dann kommt das einem Selbstmord gleich.“

„Nein!“, empörte sich Aoki sofort. „Ein Rikishi würde niemals Selbstmord begehen! Das ist unerhört!“

„Beruhigen Sie sich bitte, guter Mann“, beschwichtigte ihn die Ärztin. „Ich habe ja nicht gesagt, dass er Selbstmord *begangen* hat. Ich habe bloß gesagt, dass es für jemanden mit dieser Statur selbstmörderisch ist, wenn er seinem Herz Trainingseinheiten auf dem Laufband zumutet."

„Oh", entfuhr es Aoki, und er gewann wieder seine Selbstbeherrschung zurück. „Dann bitte ich um Entschuldigung für das Missverständnis."

Die Ärztin drehte sich zu Tobias und Alexandra um, die beide immer noch nicht wussten, was sie von Kater Browns Benehmen halten sollten. „Ich habe mich noch nie mit einer Statistik darüber beschäftigt", sagte sie. „Aber ich nehme an, dass Herzversagen die häufigste Todesursache bei Sumoringern ist. Rein privat finde ich den Sport ja faszinierend, allein schon wegen der uralten Traditionen. Aber als Ärztin muss ich feststellen, dass dies die gefährlichste Sportart ist, die ich kenne. Da werden junge Menschen regelrecht gemästet, nur damit sie mit ihrer Masse den Gegner aus dem Ring schieben können. Und dabei muten sie ihrem Körper Belastungen zu, die auf Dauer fatale Folgen haben können."

„Aber es gibt doch auch noch andere Sportarten, die ebenfalls mörderisch sind", hielt Tobias dagegen. „Ich denke da zum Beispiel an Autorennen."

„Oh ja, da haben Sie völlig recht", stimmte die Frau ihm zu. „Und wenn man bedenkt, mit welchen an sich verbotenen Substanzen man in manchen Sportarten den Körper belastet, dann gibt es da viele üble Beispiele. Aber normalerweise arbeiten Sportler darauf hin, Muskelmasse aufzubauen und den Fettanteil so weit wie möglich zu verringern. Nur im Sumo wird das alles auf den Kopf gestellt." Sie zuckte mit den Schultern und warf einen letzten Blick auf den Toten. „Na gut, mich brauchen Sie dann ja nicht mehr. Lassen Sie von den Sanitätern den Notarzt rufen, der soll dann den Totenschein ausstellen und sich um den ganzen Formularkram kümmern."

Die Ärztin verabschiedete sich und verließ den Raum.

In der Zwischenzeit war Alexandra zu Kater Brown gegangen, der in Abständen immer wieder Tobias leise anknurrte, so als würde ihn irgendetwas an ihm stören. Als sie sich vor ihm hinhockte, gab er jedoch keinen Laut mehr von sich, sondern sah sie nur an. „Wolltest du, dass nur ich herkomme?", fragte sie so leise, dass niemand sonst sie hören konnte.

Daraufhin stand er auf und ging leise schnurrend im Kreis. Alexandra musterte ihn aufmerksam, aber er schien einfach nur zufrieden zu sein, dass sie zu ihm gekommen war. Im nächsten Moment stutzte sie, da ihr etwas auffiel, das genau dort lag, wo der Kater so beharrlich sitzen geblieben war.

„Das ist doch ...", murmelte sie und hob den Fetzen Papier auf, den sie beim Aufstehen unauffällig in die Hosentasche schob. Zu Tobias sagte sie: „Kater Brown hat es nicht persönlich gemeint."

Er reagierte mit einem fragenden Blick, erwiderte aber nichts, sondern nickte nur knapp.

Der Mann im Overall schaute in die Runde und fragte: „Bleibt jetzt jemand von Ihnen hier, oder gehen wir alle hoch? In dem Fall schließe ich hier ab und rufe oben den Notarzt und ein Beerdigungsinstitut an."

„Ich werde hier warten", antwortete Aoki.

„Gut, dann schicke ich Ihnen die Sanitäter runter, damit die das mit dem Notarzt regeln können", fuhr der Mann fort. „Ich schätze, Ihre Landsleute werden sich ohne Sie eh nicht so gut verständlich machen können."

Aoki nickte und verbeugte sich. „Danke, das ist sehr nett von Ihnen."

Alexandra trat auf den Mann im Overall zu. „Darf ich Sie noch etwas fragen, Herr ..."

„Adams."

„Herr Adams … Also, ich bin Alexandra Berger, und das ist mein Kollege Tobias Rombach. Wir arbeiten für die neue Online-Zeitung ‚blaulicht-duesseldorf.de' und berichten unter anderem auch über besondere Todesfälle. Hierfür ist es natürlich wichtig, dass wir Hintergrundinformationen bekommen und die jeweiligen Umstände in Erfahrung bringen."

Aus dem Augenwinkel bemerkte sie Tobias' Blick, der ihr nur zu deutlich verriet, was er in diesem Moment dachte. Aber das war ihr egal, solange ihr Bluff funktionierte, was auch der Fall zu sein schien, wie Adams' anschließende Reaktion zeigte.

„Was wollen Sie denn wissen?", fragte er.

„Sind Sie vorhin hergekommen, um die Tür aufzuschließen, damit diese Leute zu dem Toten gelangen konnten?"

„Ja … ähm … Also nein … ähm … Das heißt …" Adams schüttelte den Kopf, was im ersten Moment so wirkte, als würde es ihn überfordern, eine richtige Antwort zu geben. „So, wie Sie Ihre Frage formuliert haben, kann die kein Mensch mit einem einfachen Ja oder Nein beantworten. Sie werfen da zwei verschiedene Dinge zusammen", sagte er ein wenig ungehalten. „Also, passen Sie auf. Dieser Mann da, der Tote, der wurde von seinen Kollegen gesucht, aber da wusste noch niemand, dass er tot ist. An mich haben sie sich erst gewandt, als sie ihn nirgendwo sonst finden konnten. Der einzige Raum, in dem er sich ihrer Meinung nach noch befinden konnte, war der Trainingsraum hier. Aber den musste ich ihnen erst aufschließen …"

„War der Raum denn abgeschlossen, als Sie hergekommen sind?"

„Was? Nein. Draußen befindet sich nur ein Knauf, keine Klinke. Die Tür wird eigentlich mit einem Holzkeil aufgestellt, aber diese Keile werden ständig geklaut, weil irgendwer so ein Ding gerade braucht. Na ja, dann fällt die Tür ins Schloss. In dem Fall kann man zwar noch rausgehen, aber ohne Schlüssel kommt man nicht wieder rein."

„Aha!" Alexandra überlegte kurz. „Als Sie aufgeschlossen haben, ist Ihnen da in diesem Raum irgendetwas Ungewöhnliches aufgefallen? Irgendetwas, das nicht so war wie sonst?"

Adams nickte. „Oh ja. Der Tote."

Sie wurde hellhörig, wunderte sich aber gleichzeitig, wieso Tobias sich eine Hand vor den Mund hielt, als müsste er ein Lachen unterdrücken. „Wieso? Was war mit ihm?"

„Er war tot."

„Und ...?"

Adams zuckte mit den Schultern. „Was wollen Sie? Das ist doch was Ungewöhnliches, weil ich hier sonst keinen Toten vorfinde."

Zwar musste Alexandra zugeben, dass er ihre Fragen ganz exakt beantwortet hatte, aber es wäre sicher nicht verkehrt gewesen, ihr das zu sagen, was sie eigentlich wissen wollte. „Und was ist mit dem Toten? Ist Ihnen da auch was Ungewöhnliches aufgefallen?" Er setzte eben zur Antwort an, aber sie kam ihm zuvor: „Abgesehen natürlich von der Tatsache, dass er als Sumotori von der Statur und der Kleidung her etwas ungewöhnlich aussieht."

„Touché", murmelte Tobias.

Die Antwort, die Adams offenbar hatte geben wollen, war damit hinfällig geworden, und er brachte nur ein zögerliches „Ähm ... nein" zustande.

„Okay, dann danke ich Ihnen für Ihre Zeit", sagte sie und lächelte ihn betont freundlich an, was ihn irritiert dreinschauen ließ, als er nun hinausging.

Während Alexandra einen interessierten Blick auf die Laufbandanzeige warf, verließen auch die beiden Sumotori und die Funktionäre den Fitnessraum, sodass Alexandra und Tobias mit Aoki und dem Toten allein waren.

Der Dolmetscher schaute sie an. „Frau Berger, Herr Rombach, sagen Sie ... wieso sind Sie eigentlich hier? Ähm ... nicht, dass ich mich über ein Wiedersehen mit Ihnen nicht freue, aber sehen Sie ... Die lokale Presse war bei der Eröffnung anwesend, und sie wird wieder hier sein, wenn am Montag das Abschlussfeuerwerk stattfindet und ein Fazit des Fests gezogen wird."

„Nun ja, wir sind in Wirklichkeit nicht von der Lokalpresse", gestand Alexandra. „Und im Moment sind wir nicht mal in unserer Funktion als Journalisten hier."

„Ich verstehe nicht."

„Wir sind wegen Kater Brown hier", sagte sie und deutete mit einer Kopfbewegung auf den Kater, der es sich mittlerweile auf der gepolsterten Bank bequem gemacht hatte, auf die man sich normalerweise legte, um Gewichte zu stemmen. Von dort schaute er stur zu den Fenstern hoch, die sich ganz oben in der Wand befanden.

„Aah, Sie haben Ihren Kater gesucht." Aoki nickte verstehend. „Sie wollten nicht, dass er Ihnen wegläuft."

Tobias schüttelte ebenso wie Alexandra den Kopf. Auch wenn er nicht wissen konnte, worauf sie hinauswollte, war ihm das seltsame Verhalten des Katers nicht entgangen. „Eigentlich wollten wir wissen, wonach der Kater sucht."

Aoki sah zwischen den beiden hin und her. „Ich ... habe keine Ahnung, was Sie da reden. Ich will damit sagen: Ich verstehe jedes Wort, aber ich weiß nicht, welcher Sinn sich dahinter verbirgt."

„Sehen Sie, Herr Aoki ...", begann sie und verstummte, als zwei Rettungssanitäter hereinkamen. Es waren nicht die beiden, die sich am Fugu-Stand um Tobias gekümmert hatten.

„Hallo, Herr Adams schickt uns, wir sollen hier auf den Notarzt warten", sagte einer der Männer, ein grauhaariger Mann mit buschigem Schnauzbart. „Sie können dann ruhig gehen; wir erledigen alles."

„Vielen Dank, die Herren", erwiderte der Dolmetscher und wandte sich wieder Tobias und Alexandra zu. „Vielleicht sollten wir uns irgendwohin begeben, wo wir in Ruhe reden und etwas essen können. Mich würde wirklich sehr interessieren, was Sie mir sagen wollen. Und vor allem interessiert mich, was Ihr Kater damit zu tun hat."

„Gerne", sagte Alexandra. „Sollen wir uns einen Stand suchen, wo wir einigermaßen für uns sind?"

Aoki hob abwehrend die Hände. „Alles, nur das nicht", entgegnete er fast flehentlich.

„Ist das Essen da etwa nicht gut?", wollte Tobias wissen. Er klang beunruhigt. Anscheinend kamen ihm jetzt Bedenken, ob die Portion Fugu tatsächlich so eine gute Idee gewesen war.

„Oh, das Essen ist tadellos, darauf haben die Veranstalter großen Wert gelegt", versicherte ihm der Dolmetscher. „Es ist bloß so, dass ich japanisches Essen einfach nicht mehr sehen kann. Ich bin mir der Ironie durchaus bewusst, aber vermutlich würde mir ein Therapeut erzählen, dass ich damit gegen meine Eltern aufbegehre – und er hätte wahrscheinlich auch noch recht damit. Meine Eltern sind sehr konservativ eingestellt, und westliches Essen kommt bei ihnen nie auf den Tisch."

5. Kapitel

„Es geht doch nichts über Reibekuchen mit Apfelmus", schwärmte Aoki, als die Bedienung aus der Imbissbude schräg gegenüber von Schloss Duckrath mit drei Tellern nach draußen auf die Terrasse kam und sie auf ihrem Tisch abstellte.

„So, die Herrschaften", sagte die Frau, deren Gesicht aufgrund der Hitze in ihrer Imbissbude knallrot war. „Einmal eine doppelte Portion Reibekuchen mit Apfelmus, zweimal Currywurst mit Fritten. Das Hühnerklein für Ihren pelzigen Begleiter kommt sofort."

Kater Brown hatte sich lang ausgestreckt auf den Tisch gelegt und nahm einen Bereich für sich in Anspruch, den auch ein menschlicher Gast benötigt hätte. Er döste in der Sonne und öffnete nur kurz die Augen zu schmalen Schlitzen, nachdem die Bedienung das Essen gebracht hatte – als wüsste er sofort, dass auf keinem der Teller etwas nach seinem Geschmack zu finden war.

„Ich wünsche einen guten Appetit", sagte Aoki und stürzte sich mit Heißhunger auf seine Reibekuchen.

Als sie alle gut die Hälfte ihrer Portionen gegessen hatten, brachte die Bedienung einen kleinen Teller mit zerlegtem Hühnerfleisch, den sie Kater Brown servierte, wobei sie ihn mehrmals streichelte. Laut schmatzend schlang der Kater innerhalb kürzester Zeit alles runter, dann begann er sich in aller Ruhe zu putzen.

Aoki atmete tief durch, trank einen Schluck Alt und erklärte: „So, nun fühle ich mich genügend gestärkt, um mir anzuhören, was Sie mir über Ihren Kater erzählen wollten. Hier sind wir wenigstens ungestört."

Alexandra kratzte sich verlegen am Kopf, ehe sie antwortete: „Sehen Sie, Herr Aoki, es ist so ... Man könnte meinen, dass unser Kater Brown einen siebten Sinn für Verbrechen hat. Wir haben ihn in einem Klosterhotel kennengelernt, wo wir mit seiner Hilfe einen brutalen Mord aufklären konnten, der nach einem Unfall ausgesehen hatte. Und vor Kurzem war er maßgeblich daran beteiligt, den Tod einer Weinkönigin aufzuklären."

„Aah", machte Aoki und sah Kater Brown an, der sich immer noch ausgiebig putzte. „Dann ist er eine schwarze Maneki-neko, jedenfalls im übertragenen Sinn."

„Eine schwarze ... was?", fragte sie.

„Maneki-neko. Sie kennen sicher diese winkenden Katzen, die auch drüben auf dem Fest verkauft werden."

Beide nickten bestätigend.

„Maneki-neko heißt nichts weiter als ‚winkende Katze'„, fuhr Aoki fort. „Diese kleinen Statuen sind bei uns weitverbreitete Glücksbringer, die es in verschiedenen Farben gibt. Die schwarze Maneki-neko soll Dämonen abwehren, was man ja leicht auf das Verbrechen übertragen kann. Zumal Ihr Kater Brown mir gerade so zuwinkt wie eine richtige Maneki-neko."

„Sie meinen die Bewegung seiner Vorderpfoten beim Putzen?", fragte Tobias.

„Ganz richtig. Es gibt wahrscheinlich mehr Sagen über die Maneki-neko als Katzen auf der Welt, und immer geht es darum, dass eine Katze durch ihr ‚Winken' großes Unheil abgewendet hat. Deshalb werden diese Tiere in meiner Heimat als Wiedergeburt der Göttin Kannon verehrt. Aber wahrscheinlich geht das Ganze auf einen Irrtum oder eine absichtliche Falschauslegung zurück, so wie es ja bei den meisten Legenden der Fall ist. Wenn eine Katze sich die Ohren sauber macht, hebt sie eine Pfote an den Kopf und zieht sie nach vorn, so wie Kater Brown das jetzt gerade macht. Sieht man nicht allzu genau hin oder kennt man sich mit dem Verhalten dieser Tiere nicht aus, könnte man auf den Gedanken kommen, dass die Katze einem zuwinkt."

Alexandra nickte. „Eine einleuchtende Erklärung."

„Aber selbst wenn das die wahren Gründe sind, ändert es nichts daran, dass wir Katzen verehren", betonte Aoki. „Und deshalb möchte ich wirklich gern wissen, was Kater Brown herausgefunden hat."

„Tja, das kann ich Ihnen auch noch nicht so genau sagen", erwiderte Alexandra. „Aber es könnte sein, dass mit dem plötzlichen Herztod von Sumotori …"

„… Miriyokami …"

„ … Miriyokami etwas nicht stimmt."

„Aber Miriyokami *ist* tot. Was soll daran nicht stimmen?"

„Ich will damit andeuten, dass er sich nicht einfach auf das Laufband gestellt hat und losgelaufen ist, bis sein Herz versagt hat."

„Sondern?"

„Das ist das Problem. Ich habe keine Ahnung, was möglicherweise passiert ist. Ich weiß nur, dass etwas nicht stimmen kann. Mir ist nämlich aufgefallen, dass das Laufband auf maximale Leistung stand, und das dürfte dem Tempo eines Hundertmeterläufers entsprechen„, erklärte sie. „Ich konnte heute beobachten, dass Sumotori erstaunlich schnell sind, wenn sie aus dieser hockenden Haltung hochspringen. Aber von meinem Kollegen weiß ich auch, dass sie keine große Ausdauer besitzen und ein Kampf schnell gewonnen werden muss, bevor einen die Kräfte verlassen. Miriyokami hätte zwar das Laufband auf maximale Leistung stellen können, und er wäre auch sicher ein paar Meter weit gekommen, aber dann wäre er rasch langsamer geworden und vom Band gefallen – lange bevor sein Herz den Dienst versagte."

Aoki nickte nachdenklich. „Er könnte gleich darauf wieder auf das Band zurückgekehrt sein."

„Könnte er gemacht haben, aber so schnell wäre er nicht wieder bei Kräften gewesen, um zum nächsten Sprint anzusetzen. Er wäre sofort wieder auf dem Boden gelandet. Wie soll er sich unter solchen Umständen so verausgaben, dass sein Herz nicht mehr mitmacht?"

„Er könnte einen angeborenen Herzfehler gehabt haben", gab der Dolmetscher zu bedenken.

„Das wäre möglich, aber es erklärt eines nicht: Wieso sollte er überhaupt das Laufband benutzt haben? Nach allem, was mir mein Kollege erzählt hat, wird kein Sumotori ein solches Ausdauertraining betreiben, weil er beim Kampf daraus keinen Nutzen ziehen kann." Sie bemerkte, dass Tobias' Teller inzwischen leer war, und aß selbst rasch ein Stück Currywurst.

„Vielleicht hat er auch gar nicht das Laufband benutzt", überlegte Aoki. „Vielleicht ist er auf diesem Stepper gewesen, und als dann sein Herz versagte, ist er ein paar Schritte zur Seite getaumelt und zufällig auf dem Laufband zusammengebrochen."

„Theoretisch wäre das möglich, aber auch hier stellt sich die gleiche Frage: Auf einem Stepper betreibt man ebenfalls Ausdauertraining, was nicht zu seiner Sportart passt", hielt Tobias dagegen. „Und Miriyokami hätte es nicht durchgehalten, sich so lange auf dem Stepper zu bewegen, bis sein Herz nicht mehr mitmacht."

„Das andere Rätsel ist die Tür", sagte Alexandra. „Der Hausmeister sprach davon, dass immer wieder die

Holzkeile für diese Tür verschwinden. Es muss jedoch ein Keil da gewesen sein, als Miriyokami den Fitnessraum betreten hat, sonst wäre er ja nicht reingekommen. Und auch wenn dauernd diese Keile geklaut werden, wird das wohl niemand versuchen, solange sich jemand im Fitnessraum aufhält."

„Und was hat das alles mit Kater Brown zu tun?", wollte Aoki wissen, der in der Zwischenzeit weiter seine Reibekuchen gegessen hatte.

„Kater Brown war vorhin nicht zum ersten Mal in diesem Fitnessraum."

„Wie bitte?", fragten der Dolmetscher und Tobias gleichzeitig.

Sie holte ihre Geldbörse aus der Tasche, öffnete sie und nahm ein Stück Papier heraus. „Das hier", erklärte sie, „hat er mir gebracht, nachdem er während des Turniers für kurze Zeit verschwunden war."

Aoki sah sich den Schnipsel an und schüttelte den Kopf. „Ich kann Ihnen nicht sagen, was das zu bedeuten hat. Die Schriftzeichen sind nur zur Hälfte vorhanden." Er sah Alexandra an. „Und woher wissen Sie, dass der Kater das aus dem Fitnessraum hat?"

„Sie haben doch vorhin sicherlich mitbekommen, wie er sich meinem Kollegen in den Weg gesetzt und ihn angefaucht und angeknurrt hat." Als Aoki nickte, fuhr sie fort: „Als ich dann zu ihm ging, machte er mir Platz, und dabei sah ich, dass er sich auf diesen Schnipsel gesetzt hatte – womöglich, damit niemand ihn vor mir entdeckt und verschwinden lassen kann." Während sie sprach, nahm sie ein weiteres Stück Papier aus ihrer Geldbörse und gab es ebenfalls Aoki. „Ich kenne mich mit Ihrer Schrift nicht aus, aber für mich sieht es so aus, als ob diese beiden Teile zusammengehören würden."

Der Dolmetscher drehte die Schnipsel, bis sie sich tatsächlich nahtlos ineinanderfügten. „Hm, interessant." Er betrachtete die Schriftzeichen und verzog den Mund. „Da steht sinngemäß, dass ‚sonst das Ende naht'."

„Klingt nach einer Drohung", fand Tobias.

„Das sehe ich auch so", stimmte Alexandra ihm zu.

Doch Aoki schüttelte den Kopf. „Bedenken Sie bitte, dass diese wenigen Wörter aus ihrem Zusammenhang gerissen worden sind. Sie können Bestandteil einer Drohung sein, eines Versprechens, einer Warnung oder einer simplen Feststellung." Er sah zu Kater Brown. „Und er hat Sie auf beide Stücke aufmerksam gemacht. Das ist wirklich faszinierend. Aber inwiefern ist es von Bedeutung, dass Kater Brown sie Ihnen gebracht hat?"

„Weil er dieses Gespür für Verbrechen hat, wie ich bereits sagte."

„Und wenn ihn nur der Tod anzieht?", hakte er nach.

„Es ist nicht der Tod, der ihn anzieht, es ist das Böse", entgegnete Alexandra, während sie sich über sich selbst wunderte. Wann hatte sie denn angefangen, so zu reden? „Eine Nachbarin ist beim Fensterputzen von der Leiter gefallen und hat sich das Genick gebrochen", erzählte sie dem Dolmetscher. „Weil alle im Haus dachten, sie wäre noch für zwei Wochen in Urlaub, ist ihr Tod erst Tage später bemerkt worden, als eine Bekannte sie besuchen wollte und erklärte, irgendwas könne da nicht stimmen. Dann hat die Polizei die Wohnungstür öffnen lassen und die tote Frau entdeckt. Kater Brown hat das nicht gekümmert. Er ist ein paarmal mit mir im Treppenhaus unterwegs gewesen, und zu keinem Zeitpunkt hat er an der Haustür der Nachbarin angehalten oder geschnuppert. Es war ihm einfach völlig egal."

„Es würde zu einer schwarzen Maneki-neko passen", meinte Aoki. „Der Tod ist kein Dämon, sondern nur ein

Ereignis, aber das Böse, das den Tod bringt – das ist der Dämon, vor dem Ihr Kater Brown die Menschen warnen will."

Alexandra sah ihn erstaunt an. „Dann … glauben Sie mir?"

„Warum sollte ich Ihnen nicht glauben? Nur weil die Existenz von Dämonen und bösartigen Geistern noch nie nachgewiesen werden konnte, ist das kein Grund zu behaupten, dass es so etwas nicht geben kann."

Sie nickte nachdenklich. „Tja, aber selbst wenn wir drei alle der Ansicht sind, dass Kater Brown uns auf die Spur eines Verbrechens führen will, damit wir es aufklären, haben wir immer noch ein Problem."

Die Männer sahen sie fragend an. Kater Brown hatte nunmehr aufgehört, sich zu putzen, kauerte sich hin und legte die Vorderpfoten eng an die Brust.

„Die Polizei können wir vergessen", fuhr sie fort. „Was wir als ‚Fakten' bezeichnen, dürfte aus deren Sicht ein Witz sein. Wir brauchen einen stichhaltigen Beweis, zumindest aber etwas, das einen Anfangsverdacht rechtfertigt. Wenn wir wenigstens Zweifel wecken können, dass der Herztod durch Überanstrengung herbeigeführt wurde, wären wir schon ein Stück weiter."

Tobias schnaubte. „Wie sollen wir das anstellen? Die anderen Sumotori befragen?"

Sie zuckte mit den Schultern. „Das wäre doch ein Anfang."

„Wir sind nicht von der Polizei; wir können diese Leute nicht verhören", wandte Tobias ein.

„Wir machen es wie bei den letzten Malen auch", schlug sie vor. „Wir verwickeln sie in eine Unterhaltung und schieben die eine oder andere Frage dazwischen, die uns auf eine Spur bringen kann."

„Ihr Ideenreichtum in Ehren, Frau Berger", sagte Aoki, der soeben den letzten Bissen Reibekuchen hinuntergeschluckt hatte, „aber das wird nicht viel bringen. Die meisten Rikishi äußern sich nur bei Pressekonferenzen, und Einzelinterviews finden kaum statt. Da achtet der Verband schon drauf, dass nicht jeder in jedes Mikrofon redet, das ihm hingehalten wird. Das ist nicht so wie hier im Westen mit den Fußballspielern, die gleich nach dem Abpfiff eine komplette Spielanalyse vorlegen sollen. Und selbst bei den Pressekonferenzen vor und nach einem Sumoturnier geben sich die meisten Rikishi sehr einsilbig."

„Können wir mit diesen ... Sumo-Funktionären reden?", wollte sie wissen. „Sie wissen schon – diese grauhaarigen Herren im Designeranzug."

Aoki hob abwehrend die Hände. „Die Treffen mit Pressevertretern sind lange im Voraus festgelegt worden, und die Funktionäre müssen auch noch Termine in Düsseldorf wahrnehmen. Ich kann mir nicht vorstellen, dass da irgendwo noch Zeit für ein Interview übrig ist. Zumal es keinen aktuellen Anlass gibt, jedenfalls keinen offiziellen. Wenn ich dort anfrage und erkläre, hinter Miriyokamis Tod könnte mehr stecken als bloßes Herzversagen, wird man mich erst mal fragen, was damit gemeint ist. Und dann habe ich dort das gleiche Problem wie bei der Polizei: Ich habe keine Fakten, die irgendetwas belegen."

Alexandra sah nachdenklich Tobias an, aber der konnte auch nur hilflos mit den Schultern zucken. Während sie noch grübelte, wie sie vorgehen sollten, setzte sich plötzlich Kater Brown auf, hob die Vorderpfote und begann sein rechtes Ohr zu putzen. Das brachte sie auf eine Idee. „Und wenn Sie den Herren ausrichten, dass die schwarze Maneki-neko winkt und vor weiterem Unheil warnen will?", fragte sie grinsend.

Aoki sah sie ein paar Sekunden lang an, dann nickte er anerkennend. „Spielen Sie Go?"

„Als Kind habe ich das mal probiert, aber es nicht begriffen“, antwortete sie. „Und als ich es später noch mal versuchen wollte, hat sich niemand gefunden, der gegen mich antreten wollte. Wieso?“

„Zu schade“, erwiderte der Dolmetscher. „Sie verfügen offensichtlich über eine große strategische Intelligenz. Ich werde diese Nachricht überbringen.“

6. Kapitel

Keine halbe Stunde war vergangen, seitdem Aoki Alexandras Nachricht weitergeleitet hatte, da wurden sie auch schon von Ryuichi Tekiro empfangen, dem Funktionär, der für die Koordination aller Vorgänge rund um die Sumotori und das Düsseldorfer Turnier zuständig war.

In einem Besprechungsraum im Schloss begrüßte Tekiro zunächst Kater Brown und danach Alexandra, Tobias und Aoki. Nachdem alle Platz genommen hatten, berichteten die drei von ihren bisherigen Erkenntnissen und äußerten ihre Vermutungen zu dem Todesfall.

Tekiro lehnte sich nach hinten, zog seine Krawatte gerade und betrachtete die beiden Papierschnipsel. „Ja, ich muss gestehen, das gibt mir zu denken", sagte er in fast akzentfreiem Deutsch. Der Spitzenfunktionär des Sumoverbands hatte über dreißig Jahre in Berlin gelebt und war erst vor wenigen Jahren nach Japan zurückgekehrt, um einen hoch dotierten Posten zu übernehmen. Seine Deutschkenntnisse machten zwar Aokis Fertigkeiten als Dolmetscher eigentlich überflüssig, aber Alexandra war dennoch froh, dass er zu dem Treffen mit Tekiro hatte mitkommen dürfen. Er kannte seine Landsleute viel besser als sie oder Tobias, und wenn an dem Verhalten des Funktionärs irgendetwas merkwürdig sein sollte, würde er es am ehesten bemerken.

Bevor Tekiro weiterreden konnte, wurde angeklopft, und ein Sumotori kam herein. An der Tür blieb er stehen, verbeugte sich vor den Anwesenden und unterhielt sich dann mit Tekiro auf Japanisch. Dann ging er um den Tisch herum und legte dem Funktionär einen Umschlag hin, den der mit einem Nicken zur Kenntnis nahm. Sie unterhielten sich noch einen Moment, dann zog sich der Sumotori mit wiederholten Verbeugungen zurück und verließ den Saal, den man aus Anlass des Japanfests mit riesigen Gemälden von prachtvoll gekleideten Samurai geschmückt hatte.

Kater Brown, der es sich mitten auf dem ausladenden, mittelalterlich anmutenden Tisch bequem gemacht hatte, sah dem Mann hinterher und stellte das Schnurren ein. Tekiro beugte sich vor und streichelte behutsam den Kater, der sich das gefallen ließ, aber weiterhin keinen Laut mehr von sich gab.

Tekiro sah zwischen Alexandra und Tobias hin und her. „Diese Schnipsel mögen völlig belanglos sein, aber trotzdem werde ich dieser Sache nachgehen müssen. Unser Sport kann sich nach den letzten Skandalen nicht schon wieder Vorfälle leisten, die möglicherweise zu negativen Schlagzeilen führen." Der Funktionär rückte seine goldene Brille gerade und sah betrübt drein.

„Schon wieder?", fragte Alexandra.

Der Mann nickte verhalten, und es schien so, als wollte er lieber nicht näher auf das Thema eingehen. Dann aber erzählte er: „In jeder Sportart gibt es schwarze Schafe, so etwas lässt sich gar nicht vermeiden. Aber vor ein paar Jahren wurde der Sumo-Sport gleich von einer ganzen Reihe von Skandalen getroffen. Es ging um illegale Wetten, Wettschulden, Erpressungen, und zu allem Überfluss wurde auch noch gemunkelt, die Yakuza hätte ihre Finger im Spiel. Aber die Yakuza wäre nicht die Yakuza, wenn sich ein Beweis für diese Gerüchte gefunden hätte", fügte Tekiro mit einem Schulterzucken an. „Auf jeden Fall wurden mehrere Sumotori gesperrt, manche von ihnen auf Lebenszeit. Es war ein schwerer Schlag für unseren Sport, der sich davon nur langsam erholt hat. Was wir gar nicht brauchen können, sind neue Probleme dieser Art. Und wenn etwas auch noch hier im Ausland in die Schlagzeilen gerät, hat das eine umso fatalere Wirkung. Ich kann nur hoffen, dass dies hier" – er zeigte auf die beiden Papierfetzen – „nichts mit dem Toten zu tun hat und Miriyokami eines natürlichen Todes gestorben ist."

Aoki nickte zustimmend. „Das hoffen wir alle. Sumo soll eine Bastion der Ehrbarkeit bleiben, die über den schlechten Eigenschaften der Menschen steht."

Während der Dolmetscher redete, streckte sich Kater Brown genüsslich und schlug genau in dem Moment spielerisch nach den Papierschnipseln, als Tekiro nach ihnen greifen wollte. Sie wurden über den Tisch gewirbelt und landeten direkt vor Alexandra, die sie – nur scheinbar gedankenverloren – an sich nahm. Tatsächlich jedoch war sie froh über das Eingreifen des Katers, da die beiden möglichen Beweise so in ihren Besitz zurückgelangten. Wenn Tekiro die Schnipsel an sich genommen hätte, wäre ihr kein Argument eingefallen, um sie von ihm zurückzufordern. Immerhin wären sie theoretisch bei ihm viel besser aufgehoben gewesen – aber sie hätten bei ihm auch auf Nimmerwiedersehen verschwinden können. Und dann wäre es noch schwieriger geworden, die Polizei davon zu überzeugen, dass hier womöglich ein Mord geschehen war.

Tekiro machte im weiteren Verlauf der Unterhaltung keine Anstalten, die zwei Papierfetzen an sich nehmen zu wollen. Vielleicht dachte er, sich verdächtig zu machen, wenn er sie ausdrücklich verlangte; aber es war genauso denkbar, dass die beiden Fundstücke in seinen Augen völlig wertlos waren und er sie deshalb den dreien überließ.

„Tja, dann hätten wir wohl alles besprochen“, meinte Tobias schließlich.

Alexandra nickte zustimmend. „Herr Tekiro, wir danken Ihnen, dass Sie sich für uns Zeit genommen haben“, sagte sie und stand auf, verbeugte sich und rief Kater Brown zu sich.

Sogleich erhoben sich die Männer. Natürlich verbeugte sich Tobias ebenfalls, aber nicht annähernd so tief wie Aoki, der mit dem Kopf fast die Tischplatte berührt hätte.

Als sie kurz darauf durch den langen Gang im ersten Stock von Schloss Duckrath gingen, fragte Alexandra: „Sagen Sie, Herr Aoki, bei diesen Verbeugungen – dabei geht es doch auch darum, wer der Ranghöhere ist, richtig? Also, je wichtiger das Gegenüber und je unbedeutender man selbst ist, umso tiefer verbeugt man sich, oder?“

Aoki nickte. „Grundsätzlich ja. Die Gedanken sind natürlich frei, und ich kann mich weit nach unten vor jemandem verbeugen, weil ich ihn achten soll, aber innerlich kann ich mir sagen, dass die tiefere Verbeugung dem größeren Dummkopf gilt.“

Alexandra musste lachen, als sie sah, wie todernst Aoki blieb, während sein Tonfall etwas eindeutig Ironisches hatte.

„Und was drückte Ihre Verbeugung gerade aus – Achtung oder Spott?“, wollte Tobias wissen, der Kater Brown auf den Arm genommen hatte.

Darauf reagierte Aoki mit einem vielsagenden Lächeln. „Es steht Ihnen frei, es so oder so auszulegen, Herr Rombach.“

„M-hm“, machte er. „Na, dann werde ich mir eben meinen Teil denken.“

Sie verließen das Schloss und kehrten in den Park zurück. Es war mittlerweile halb vier, und immer mehr Besucher drängten sich in den Gängen zwischen den Ständen und Buden. Auf den angrenzenden Wiesen ging der Trubel weiter. Die Sitzbänke eines Freiluft-Kabukitheaters waren bis auf den letzten Platz besetzt, und Menschen standen in mehreren Reihen dicht an dicht, um Samurai in Aktion zu erleben.

„Was sollen wir uns jetzt ansehen?", fragte Tobias die beiden anderen.

„Ich würde Ihnen gern die Pavillons zeigen", meldete sich eine leise Stimme hinter ihnen zu Wort. „Es gibt da viel Interessantes über die verschiedenen Wirtschaftszweige Japans zu erfahren."

Sie drehten sich um und sahen den Sumotori hinter sich stehen, der vorhin Tekiro den Briefumschlag gegeben hatte, als sie bei dem Funktionär gewesen waren.

„Sie sprechen auch Deutsch?", rief Alexandra verwundert.

Der Mann, der eine Art Morgenmantel trug, der mit etlichen kleinen Zeichnungen des japanischen Hochgeschwindigkeitszugs Shinkansen bedruckt war, deutete eine Verbeugung an. „Meine Verlobte ist Deutsche."

Sie nickte zustimmend. „Tja, dann freuen wir uns, wenn Sie uns die Pavillons zeigen. Das wird sicher interessant werden."

„Ganz bestimmt", erwiderte er und schritt an ihnen vorbei, um vorauszugehen.

Sie folgten ihm zu einer etwas abseits gelegenen Mehrzweckhalle in der Nähe des Besucherparkplatzes. Innen hatte man Stellwände so angeordnet, dass man der Ausstellung auf einem vorgegebenen Weg folgen musste.

„Ist ja wie bei IKEA", murmelte Tobias, als sie an großen Infotafeln vorbeigingen, die über die Geschichte ruhmreicher Auto- und Elektronikkonzerne seit dem

Ende des Zweiten Weltkriegs informierten. In Schaukästen waren Miniaturwiedergaben von Automodellen, Fernseher sowie erste Videorecorder und -kameras ausgestellt, die man chronologisch angeordnet hatte: Je weiter sie gingen, desto jünger waren die hier präsentierten Objekte.

„Was auf den ersten Blick wie eine labyrinthartige, zufällige Aneinanderreihung wirkt, ist in Wahrheit planmäßig aufgebaut, und zwar entsprechend den Absichten der Geldgeber dieses Fests“, erklärte Aoki und zeigte auf ein Werbebanner, das sich drei der aktuell wichtigsten japanischen Elektronikkonzerne teilten. „So ist gewährleistet, dass die Besucher alles sehen und sich nicht nur das anschauen können, was für sie am interessantesten ist.“

Alexandra wunderte sich, warum der Sumotori zwar gesagt hatte, er wolle ihnen die Ausstellung zeigen, hier aber nur schweigend vor ihnen herging – und das zudem in einem Tempo, das nicht zuließ, auch nur für kurze Zeit an einer Texttafel stehen zu bleiben. „Ähm … ich habe Ihren Namen gar nicht mitbekommen“, sprach sie den Mann an, der trotz seiner watschelnden Gangart bemerkenswert schnell war.

Er wurde langsamer und zeigte auf eine abseits stehende Sitzgruppe am Rand der recht gut besuchten Ausstellung. „Mein Name ist Hasatoryu“, antwortete er, nachdem sie sich gesetzt hatten.

„Ach ja! Sie sind der Sumoringer, der vorhin gegen Miriyokami antreten sollte und dann kampflos zum Sieger erklärt wurde, da der Tote ja nicht im Ring erscheinen konnte“, erinnerte sich Tobias.

„Entschuldigen Sie, dass ich Sie hergeführt habe“, erklärte Hasatoryu. „Aber wenn man mich ohne Anlass mit Ihnen im Gespräch gesehen hätte, wären mir später Fragen gestellt worden.“

„Ich nehme an, es hat mit dem Toten zu tun?“, fragte Alexandra, die Kater Brown auf den Schoß genommen hatte, um ihn zu streicheln. Tobias, der neben ihr saß, kraulte ihn unter dem Kinn, was den Kater veranlasste, den Kopf in den Nacken zu legen, um diese Streicheleinheit richtig zu genießen.

„Ja, es geht um Miriyokami“, bestätigte er. „Es gibt Gerüchte, dass er an Wettkampfmanipulationen beteiligt war. Er soll Gelder von einem anderen Sumostall angenommen haben, um die Kämpfe zu beeinflussen.“

„Indem er auf Anweisung dieser Geldgeber verlieren sollte, oder?“, hakte Tobias nach.

„Nein, dafür war er nicht gut genug. Ich weiß das alles von einer anderen Quelle, die behauptet, dass Miriyokami einen gewissen Betrag erhielt, von dem er einen kleineren Anteil behalten durfte. Mit dem größten Teil sollte er andere Rikishi schmieren, damit sie bei bestimmten Wettkämpfen ein vorgegebenes Resultat nicht überschritten. Dadurch sollten einzelne Ställe ein schlechteres Ergebnis erzielen, damit der Stall in die oberste Liga aufsteigen kann, der ihm das Geld gegeben hatte.“

„Etwas umständlich. Finden Sie das nicht auch?“, wunderte sich Alexandra.

„Keineswegs“, meldete sich Aoki zu Wort. „Das ist sehr raffiniert. Wenn zehn Kämpfer behaupten würden, dass ein Stall sie bestechen wollte, dann wöge deren Wort schwer, doch das eines einzelnen Rikishi wäre weitaus unglaubwürdiger. Selbst wenn viele dieser Kämpfer den Bestechungsversuch offenbart hätten, wäre in diesem Fall also nur Miriyokami der Dumme gewesen. Der besagte Stall aber hätte kaum etwas zu befürchten gehabt.“

„Aber Miriyokami könnte doch so etwas aus eigener Tasche gar nicht finanzieren“, wandte Tobias ein. „Das müsste doch jedem klar sein, der mit dem Fall zu tun hat."

„Die Yakuza", gab Aoki achselzuckend zurück. „Der Stall könnte behaupten, dass die Yakuza ihm schaden wollte. Denn wenn das Geld gar nicht von diesem Stall käme, aber alle so etwas behaupten, weil der Stall ja Gewinn aus den Manipulationen zieht, dann wird ihm kaum jemand glauben, dass er nichts damit zu tun hat. Somit wäre am Ende unklar, wer wirklich von der Aktion profitiert."

Der Sumotori verfolgte die Unterhaltung und nickte bestätigend.

„Apropos profitieren", warf Alexandra, an Hasatoryu gewandt, ein. „Da Sie zum Sieger erklärt worden sind, weil Miriyokami nicht zum Kampf erschienen ist – hat Ihnen das nicht einen Vorteil gebracht?"

Hasatoryu lächelte sie an. „Ich weiß, was Sie meinen. Aber Sie irren sich. Dieses Turnier hier ist nur eine Schauveranstaltung. Es ist daher egal, wer hier gewinnt oder verliert: Das hat keine Auswirkung auf den Platz in der japanischen Liga oder auf irgendetwas anderes von Bedeutung. Wir machen hier nur Werbung für unseren Sport." Nach einer kurzen Pause fügte er hinzu: „Außerdem wäre Miriyokami gegen mich ohnehin chancenlos gewesen. Wir sind ein paarmal gegeneinander angetreten, und er hat noch nie gewonnen."

„Könnte denn ein anderer von seinem Tod profitieren?"

„Nein", kam die prompte Antwort. „Miriyokami hätte von Glück reden können, wenn er mit keinem zu schlechten *make-koshi* abgeschlossen hätte."

„Make-koshi?", wiederholte Alexandra und schüttelte verständnislos den Kopf.

„Eine negative Kampfbilanz", erklärte Aoki. „Man benutzt diesen Ausdruck, wenn bei einem Basho – also einem Turnier – mit fünfzehn Kämpfen für einen Sumotori jemand höchstens sieben Siege geschafft hat, denen dann mindesten acht Niederlagen gegenüberstehen. Ein Rikishi mit einer Bilanz von sieben zu acht hat dabei natürlich deutlich besser abgeschnitten als einer mit einem Ergebnis von eins zu vierzehn. Eine positive Bilanz ist ein *kachi-koshi*."

„Aha", sagte Alexandra. „Das bestimmt dann den Platz in der Tabelle, nehme ich an."

Aoki und Hasatoryu nickten, dann stand der Sumotori auf und erklärte: „Ich muss zurück zum Training. Ich hoffe, ich konnte Ihnen ein wenig weiterhelfen."

Alexandra zuckte mit den Schultern. „Wir werden sehen. Vielen Dank jedenfalls!"

Nachdem Hasatoryu gegangen war, schlug Tobias vor: „Wie wär's, wenn wir uns draußen in den Garten setzen und da weiter Detektiv spielen. Hier drinnen ist die Luft ein bisschen stickig geworden."

Kater Brown schien sich als Erster für diesen Gedanken zu erwärmen, denn er sprang sofort von Alexandras Schoß und schritt in die Richtung, in die das nächste Schild mit der Aufschrift „Ausgang" wies. Als die anderen ebenfalls losmarschierten, schlenderte er zielstrebig vor ihnen her durch den Rest der Ausstellung. Draußen vor der Halle angekommen, nahm er Kurs auf ein paar Gartenstühle, die sich unmittelbar neben einem Baum am Rand des Parkplatzes befanden.

„Mein Wagen steht gleich da vorn", sagte Tobias, nachdem sie eine Weile im Schatten gesessen und hin und her überlegt hatten, was sich mit den bislang gesammelten Informationen anfangen ließ. „Ich habe im Kofferraum eine Kühlbox mit Sprudelwasser. Jemand Interesse?"

Kater Brown war der Einzige, der sich nicht für diesen Vorschlag begeistern konnte.

Während Tobias auf seinen Wagen zuging, stutzte er kurz, als er sah, dass etwas Schwarzes auf der Motorhaube lag. Nach ein paar Schritten erkannte er, dass es eine Katze war, die es sich auf seinem Wagen gemütlich gemacht hatte und zusammengerollt schlief. Sie war so schwarz wie Kater Brown, aber von kleinerer Statur, außerdem konnte er ein paar weiße Streifen in Brusthöhe ausmachen.

„Na, du kleiner Rumtreiber", sprach er die Katze an, als er am Wagen ankam. Sie hob den Kopf, sah ihn mit zusammengekniffenen Augen an und gähnte. „Wenn ich nachher wegfahren will und du immer noch da liegst, dann werden wir zwei uns ernsthaft unterhalten müssen."

Die Katze ließ sich von seinen Worten nicht beeindrucken. Sie rollte sich wieder zusammen und schlief weiter, während Tobias zum Kofferraum ging und drei kleine Flaschen Wasser aus der Kühlbox nahm.

„Ich würde dir ja gern was zu trinken anbieten", sagte er, als er um den Wagen herumkam. „Aber ich glaube kaum, dass du aus der Flasche trinkst." Im nächsten Moment schüttelte er ungläubig den Kopf. „Lieber Himmel, ich rede schon mit wildfremden Katzen. Wenn Alex das mitkriegt, wird sie mich ewig damit aufziehen." Er hielt den Kopf schief und betrachtete die Katze, die sich nur schlafend stellte, wie er schnell erkannte. Dank Kater Brown hatte er mittlerweile einen Blick dafür bekommen, wann eine Katze tatsächlich schlief und wann sie ihre Umgebung durch einen winzigen Sehschlitz beobachtete.

Kopfschüttelnd ging er weiter und hatte fast den Durchgang zum Schlosspark erreicht, als er einen Motor laut aufheulen hörte. Er drehte sich um und sah einen weißen Kastenwagen auf den Parkplatz fahren, der wenige Sekunden später vor Tobias' Auto anhielt. Die Seitentür wurde aufgeschoben, und zwei Männer mit Skimasken sprangen heraus.

Tobias riss ungläubig die Augen auf und wollte schon losrennen, um Alarm zu schlagen, weil es danach aussah, dass diese Typen irgendwelche Leute auf dem Japanfest überfallen wollten. Angesichts der Umsätze, die manche Stände schon bis Mittag erzielt hatten, wäre das sicher ein lohnenswerter Raubzug.

Doch bevor er loslaufen konnte, sah er, dass die beiden Typen zu seinem Wagen sprangen: Einer von ihnen packte blitzschnell die Katze und steckte sie in eine Box, die sein Komplize in den Händen hielt. Das Ganze lief so schnell ab, dass die Katze außer einem mehr überrascht als verängstigt klingenden Miauen nichts herausbrachte. Dann waren die zwei Männer auch schon wieder in den Transporter gesprungen und zogen die Tür zu, während der Fahrer Gas gab und vom Parkplatz raste. Tobias schaute dem fremden Auto noch hinterher und stellte fest, dass es kein Nummernschild hatte.

Völlig verblüfft blieb er stehen und überlegte, was er nun unternehmen sollte. Dann zog er sein Handy aus der Tasche, um die Polizei anzurufen. Im nächsten Moment wurde ihm bewusst, dass es nicht viel bringen würde, den Vorfall zu melden. Der Wagen war ohne Kennzeichen unterwegs gewesen, und weiße Transporter gab es zu Tausenden. Darüber hinaus würde die Entführung einer streunenden Katze ganz sicher niemanden bei der Polizei veranlassen, alle Ausfallstraßen zu sperren, damit die Täter nicht die Stadt verlassen konnten. Und so entschied er, zu Alexandra und Aoki zurückzugehen und sich mit ihnen zu besprechen.

Als er bei den beiden eintraf, sah er, wie Aoki auf ein Smartphone schaute und es dann an Alexandra weiterreichte.

„Ihr werdet mir nicht glauben, wenn ich euch erzähle, was ich gerade eben erlebt habe", begann Tobias zu berichten.

„Ich weiß nicht, ob es das überbieten kann, was hier gerade passiert ist", gab sie mit finsterer Miene zurück.

Er ignorierte ihre Andeutung und sagte mit bissigerem Unterton als beabsichtigt: „Ich versuch's einfach mal. Da haben eben ein paar Kerle in Skimasken eine schwarze Katze entführt, die zufällig auf meinem Wagen gelegen hat." Nach einer winzigen Pause fügte er hinzu: „Also? Besser als das, was hier los war?"

Alexandra schüttelte den Kopf. „Das erklärt allerdings etwas."

„Und was?", fragte er ungeduldig. „Kannst du dich mal sputen, damit wir überlegen können, was wir wegen dieser Entführung unternehmen?"

„Wir warten", erwiderte sie nur.

Tobias verdrehte die Augen. „Worauf? Auf das Christkind?"

„Nein, auf die nächste SMS", antwortete Alexandra ernst. „Die erste ist gerade eingegangen und lautet: *Haben Katze. Wollen zurück – dann geben her Papier*."

Er sah zu Aoki, der nun an der Reihe war, Kater Brown zu streicheln, nachdem der sich bei ihm auf den Schoß gelegt hatte.

„Haben Katze?", wiederholte Tobias. „Welche Katze? Doch nicht Kater Brown."

„Diese Katze hier." Alexandra hielt ihm ihr Handy hin, auf dem ein Foto zu sehen war, das eine schwarze Katze in einer grauen Transportbox zeigte.

„Die kenne ich doch", murmelte er. Auf dem Bild war die Katze, die soeben auf der Motorhaube seines Wagens gelegen hatte. Und die Transportbox kannte er auch. „Aber … was soll das?"

7. Kapitel

„Haben Katze. Wollen zurück – dann geben her Papier“, las Tobias nochmals die SMS laut vor. „Schön und gut, sie haben eine Katze, aber doch nicht unsere.“

Alexandra musste sich ein Lächeln verkneifen, als sie ihn reden hörte. Kater Brown lebte bei ihr, und trotzdem bezeichnete er Kater Brown als „unsere Katze“. „Die haben dich offenbar gesehen, wie du an deinem Wagen warst, und da werden sie davon ausgegangen sein, dass die schwarze Katze auf der Haube Kater Brown ist.“

„Und was wollen sie im Gegenzug dafür haben? Papier?“, fragte er. „Meinen die etwa die beiden Papierschnipsel?“

„Das ist das Einzige, was einen Sinn ergibt“, erklärte Aoki und schüttelte bedächtig den Kopf. „Von diesen Schnipseln weiß außer uns nur Tekiro. Aber wenn er diese Leute geschickt hat, damit sie den Kater entführen, um in den Besitz dieser Schnipsel zu gelangen …“

„… dann hat er uns eine Lüge aufgetischt“, führte Alexandra seinen Satz zu Ende. „Dann geht es ihm nicht darum, einen möglichen Skandal aufzudecken, in den der verstorbene Sumotori verstrickt gewesen sein soll, sondern er will das Einzige verschwinden lassen, was als Beweis dienen kann.“

„Oder er hat den Befehl erhalten, die Beweise verschwinden zu lassen“, gab Tobias zu bedenken. „Vielleicht steckt die Yakuza dahinter, und er ist nur ihre Marionette. Nach außen hin gibt er sich knallhart und will jede Form von Bestechung und Betrug aufdecken, und in Wahrheit muss er auf Befehl dieser Verbrecherorganisation alles vertuschen oder den Verdacht auf andere lenken."

„Allerdings gibt es noch jemanden, der von den Schnipseln weiß", warf sie ein. „Unser lieber Rikishi Hasatoryu hat die Papierfetzen auf dem Tisch liegen sehen, als wir mit Tekiro geredet haben. Er hat einen Teil unserer Unterhaltung mitbekommen; er konnte sich sofort denken, dass wir wegen des Toten da waren."

„Aber er hat uns doch angesprochen und von den Gerüchten erzählt, die Miriyokami betrafen", wandte Aoki ein. „Welchen Sinn sollte das ergeben, wenn er uns in Wirklichkeit als Gegner betrachtet?"

„Ein simples Ablenkungsmanöver", antwortete Alexandra. „Für Ihr Volk spielt Ehre bekanntlich eine große Rolle, nicht wahr?"

Aoki nickte. „Manchmal eine zu große Rolle", sagte er leise. „Ich gebe zu, das ist der westliche Einfluss, der sich bei mir bemerkbar macht, doch wenn ich sehe, dass sich ein Manager das Leben nimmt, weil man ihn dabei ertappt hat, dass er Gelder veruntreut, dann ist das eigentlich der falsche Weg. Ein solcher Manager sollte sich für seine Vergehen verantworten und Schadenersatz leisten, aber nicht von einem Hochhaus springen." Er zuckte flüchtig mit den Schultern. „Wie gesagt, das ist der westliche Einfluss."

„Genau, doch die ganze Sumotori-Schar, die sich hier auf Schloss Duckrath tummelt, hat vermutlich durch und durch traditionelle Ansichten", mutmaßte sie. „Wenn Hasatoryu seinen toten Kollegen als korrupt beschreibt, erklärt er ihn ja praktisch für ehrlos. Also ist sein Tod aus dieser Perspektive womöglich nur eine angemessene Sühne für sein schändliches Verhalten."

„Es wäre trotzdem Mord", wandte Tobias ein. „Denn ich glaube immer noch nicht, dass Miriyokami sich ohne fremde Hilfe totrennen konnte."

„Richtig“, stimmte Aoki ihm zu. „Aber es würde eher wie eine Bestrafung für begangenes Unrecht wirken, nicht wie die Ermordung eines unschuldigen Opfers. Hasatoryu meint womöglich, wir werden uns nicht weiter um die Todesumstände kümmern, da wir jetzt ja wissen, dass es sozusagen eine gerechte Tat war.“

Sie saßen einen Moment lang schweigend da. Das einzige Geräusch neben dem Stimmengewirr und der Musik vom Fest selbst war das laute Schnurren von Kater Brown.

„Es gibt noch eine Möglichkeit“, sagte Alexandra und sah zum Himmel. Dunkle Wolken waren aufgezogen und drohten mit Regen. „Hasatoryu hat die Schnipsel gesehen und danach einem seiner Kollegen davon erzählt, ohne sich etwas dabei zu denken. Und der hat irgendwelche Spießgesellen angerufen, damit sie Kater Brown als Geisel nehmen.“

„Mit anderen Worten“, entgegnete Tobias, „wir können hier niemandem trauen.“

„Das wäre sicher …“

Weiter kam sie nicht, da ihr Handy den Eingang einer E-Mail mit einem größeren Anhang meldete. „Was ist denn das?“, murmelte sie. „Ein Video? Der Absender sagt mir gar nichts.“

„Bestimmt ein Trojaner“, meinte Tobias und winkte ab. „Würde ich gleich wieder löschen.“

„Nicht, wenn der Betreff ‚Katze gegen Papier‘ lautet.“ Sie klickte den Anhang an, und die Datei wurde geöffnet.

Der Bildschirm war so gut wie schwarz, nur irgendwelche Schemen waren zu erkennen. Eine verfremdete männliche Stimme begann mit einem leichten asiatischen Akzent zu reden: „Wir haben Ihre Katze. Wir werden sie töten, wenn Sie uns nicht die Papierstücke aushändigen, die Sie bei dem toten Sumotori gefunden haben. Warten Sie heute Abend um zehn Uhr vor dem Hotel Nikko auf der Immermannstraße. Bleiben Sie in Ihrem Wagen sitzen. Ein schwarzer Nissan-Kleinbus wird neben Ihnen halten, und der Beifahrer wird Ihnen ein Foto Ihrer Katze zeigen. Fahren Sie hinter dem Wagen her, bis er anhält und die Insassen aussteigen. Befolgen Sie genau deren Anweisungen, dann wird Ihrer Katze nichts geschehen. Sollten Sie nicht am Treffpunkt erscheinen oder irgendeinen Trick versuchen, während Sie dem Nissan-Bus folgen, werden Sie als Nächstes ein Video erhalten, auf dem Sie sehen, was wir mit Ihrer Katze gemacht haben. Ich zeigte Ihnen jetzt ein Foto von einem menschlichen Opfer. Es soll Sie motivieren, unseren Forderungen nachzukommen." Ein Bild wurde vor die Kamera gehalten und mit einer Taschenlampe beschienen, das eine entsetzlich zugerichtete Männerleiche zeigte. „Das wollen Sie Ihrer Katze doch sicher ersparen." Dann wurde der Strahl der Taschenlampe auf die Transportbox gerichtet: Die Katze darin sah verängstigt in das Licht. „Sie müssen auf diese E-Mail nicht antworten, Sie müssen nur zur genannten Zeit am Hotel Nikko sein."

„Wenn der wüsste, dass das gar nicht Kater Brown ist", murmelte Tobias.

„Es ist schon gut, dass die Entführer das nicht wissen, sonst würden sie das arme Tier wahrscheinlich vor lauter Wut über das eigene Missgeschick auf der Stelle umbringen", sagte eine besorgt dreinblickende Alexandra. Anschließend holte sie die beiden Papierschnipsel aus der Brieftasche und fotografierte sie mit dem Handy.

„Erinnerungsfotos?", fragte Tobias.

„Nur weil wir die Beweisstücke hergeben müssen, heißt das noch lange nicht, dass wir unsere Nachforschungen einstellen", erklärte sie.

„Dann gehen wir auf das Ultimatum ein?"

Alexandra warf ihm einen wütenden Blick zu. „Willst du etwa diese arme Katze sterben lassen, nur weil sie zur falschen Zeit am falschen Ort gewesen ist?"

Sofort hob er abwehrend die Hände. „Nein, nein, nein, so war das nicht gemeint. Spring mir nicht gleich ins Gesicht. Ich wollte mich nur vergewissern, dass wir auf die Forderung der Entführer eingehen."

„Wir machen das", sagte sie entschieden und sah zu Aoki.

„Sie wissen hoffentlich, dass Sie es mit der Yakuza aufnehmen wollen, oder?", fragte er.

„Tatsächlich?" Sie sah ihn erstaunt an. „Haben Sie das am Akzent erkannt oder …?"

„Nein, an der Hand, die das Foto gehalten hat", erklärte der Dolmetscher. „Man kann sehen, dass eine Fingerkuppe fehlt, also eine Bestrafung für irgendein kleineres Vergehen vorgenommen worden ist. Außerdem waren typische Tätowierungen an der Hand zu erkennen."

„Die Yakuza …", seufzte Alexandra. „Heißt das, wir müssen von nun an auf Sie verzichten?"

Aoki schüttelte den Kopf. „Keineswegs. Ich bin der gleichen Ansicht wie Sie, dass wir etwas unternehmen müssen. Es wäre zwar gut gewesen, wenn wir diese Schnipsel hätten behalten können, um Papier und Tinte zu vergleichen, wenn irgendwo noch weitere Teile auftauchen sollten, doch …" Er kniff einen Moment lang die Augen zusammen und murmelte: „Nikko Hotel auf der Immermannstraße. Hmm …" Aoki zog sein Smartphone aus der Tasche, tippte etwas ein, wartete kurz und erhielt Sekunden später eine SMS – offenbar eine Antwort auf das, was er geschrieben hatte. „Ich habe eine Idee, wie wir unsere Beweisstücke behalten könnten, ohne das Leben der Katze aufs Spiel zu setzen."

Alexandra zog eine Augenbraue hoch. „Dann lassen Sie mal hören, Herr Aoki."

Auch Kater Brown hob den Kopf, als wollte er sich den Plan des Dolmetschers ebenfalls anhören.

„Ich komme nicht dahinter", sagte Tobias und schüttelte wieder den Kopf, „wie dieser Kater es schafft, in dein Auto zu gelangen. Ich weiß genau, dass er im Flur gesessen hat, als wir gegangen sind. Und kaum sind wir losgefahren, liegt er plötzlich auf dem Rücksitz. Hat der sich dort hingebeamt, oder was?"

Alexandra musste unwillkürlich grinsen, während sie über die Schulter zu Kater Brown sah, der es sich auf der Rückbank bequem gemacht hatte. Es ärgerte sie jedoch, dass er sie wieder mal überlistet hatte, denn er war jetzt nicht in seiner Box untergebracht. Das wäre sicherer gewesen mit Blick auf ihr anstehendes Abenteuer zur Rettung der armen Katze, bei dem keiner von ihnen wusste, was sie erwartete. Vielleicht eine Verfolgungsjagd? Oder gar eine Schießerei?

„Du willst mir einfach nicht glauben", erwiderte sie nun, „dass du ihn keine Sekunde aus den Augen lassen darfst. Nur dann kannst du absolut sicher sein, dass er da bleibt, wo er sich gerade befindet. Du hast ihn im Flur sitzen sehen; aber dann bist du noch mal in die Küche gegangen, weil du dein Wasser mitnehmen wolltest. Den Moment muss er genutzt haben, um in den Hausflur zu entwischen. Wir sind zum Wagen gegangen, ich habe dir die Beifahrertür aufgemacht, dann bin ich auf meine Seite gegangen. Du hast noch die Flasche Wasser in den Kofferraum gelegt, was für Kater Brown bedeutete, dass er Zeit genug hatte, unbemerkt in den Wagen zu gelangen und sich hinten hinzulegen."

„Ach komm, der macht mit dir die gleichen Spielchen", gab Tobias zurück. „Der hat irgendwelche magischen Tricks auf Lager und zaubert sich aus dem Haus."

„Ein paarmal hat er es geschafft, sich an mir vorbeizuschleichen", räumte sie ein, „aber mittlerweile kenne ich seine Tricks, die übrigens gar nicht magisch sind. Er ist einfach intelligent genug, um ein Schlupfloch zu erkennen, wenn es vorhanden ist. So schlau sind die wenigsten Menschen."

Tobias reagierte mit einem undefinierbaren Laut und sah auf die Armbanduhr. „Fünf vor zehn", sagte er und blickte nach rechts. „Da ist das Hotel Nikko. Tja, bislang haben wir alles gemacht, was von uns verlangt wurde. Jetzt können wir nur hoffen, dass diese Trottel auch auftauchen."

„Ich weiß nicht, ob Trottel die richtige Bezeichnung ist", entgegnete Alexandra. „Ich meine, es war ja kein so abwegiger Gedanke, diese Katze auf deiner Motorhaube für Kater Brown zu halten. Immerhin passte die Beschreibung, die man den Yakuza-Handlangern offenbar gegeben hatte."

„Ja, stimmt schon", gab er zu. „Außerdem mussten sie die erstbeste Gelegenheit zur Geiselnahme nutzen, bevor wir mithilfe der beiden Schnipsel noch irgendetwas erreichen konnten. Die hast du doch eingesteckt, nicht?"

„Die habe ich mindestens schon neunmal eingesteckt."

„Was?"

„So oft hast du mich jetzt schon danach gefragt", sagte sie.

„Ich will mich nur vergewissern, dass wir nicht von diesen Typen massakriert werden, weil du diese Papierfetzen nicht übergeben kannst."

Als Alexandra nichts erwiderte, fragte Tobias: „Was ist?"

„Nichts."

„Klingt nicht nach nichts."

Sie machte eine vage Geste mit der Hand. „Na ja, ich musste gerade daran denken, dass wir nicht wissen, ob sie uns nicht so oder so massakrieren werden, wenn sie die Schnipsel erst mal haben."

„Wie bitte!", rief er erschrocken. „Ist das dein Ernst?"

„Ich meine ja nur. Es war keine Rede davon, dass sie uns einfach wieder gehen lassen werden; es war nur von der Katze die Rede."

„Na großartig! Wir retten einer wildfremden Katze das Leben, nur um dann von den Geiselnehmern genüsslich gefoltert zu werden, bis sie uns von der Tortur erlösen." Er stöhnte gequält auf. „Warum lasse ich mich eigentlich auf diesen Mist ein?"

„Weil ich mich sonst allein auf den Mist einlassen müsste, und dann würdest du dir Vorwürfe machen, dass du nicht versucht hast, mir das Leben zu retten", erklärte sie ihm lächelnd. „Außerdem haben wir noch einen Trumpf in der Hand", fügte sie hinzu.

Sie schaute sich erneut um. Dabei fiel ihr eine junge Frau in einem extrem knappen Rock auf, zu dem sie ein sehr weit ausgeschnittenes Oberteil und kniehohe Lackstiefel mit Plateausohlen trug. Es war offensichtlich, welchem Beruf sie nachging, zumal um diese Uhrzeit. Das musste auch der Fahrer des dunklen Audi erkannt haben, der eben an ihnen vorbeigefahren war und seinen Wagen auf Höhe der jungen Frau mit der leuchtend roten Mähne anhielt.

Alexandra konnte beobachten, wie der Fahrer sich auf die Beifahrerseite herüberbeugte und das Seitenfenster hinunterließ. Die Rothaarige wurde auf ihn aufmerksam und ging ein paar Schritte auf den Wagen zu. Worüber die beiden sich unterhielten, war jedem Beobachter klar, der schon mal davon gehört hatte, dass hier und in der unmittelbaren Umgebung der illegale Straßenstrich florierte. Wie es schien, konnten die beiden sich nicht einig werden, denn die Frau ging auf einmal ein, zwei Schritte nach hinten, unterhielt sich aber weiterhin mit dem Audi-Fahrer.

Ein kurzes Hupen ließ Alexandra zusammenzucken, und sie blickte erschrocken zur Seite. Neben ihnen hatte ein dunkler Kleinbus mit getönten Scheiben angehalten, und eine nur als dunkler Schemen erkennbare Gestalt drückte den Ausdruck eines Fotos an die Seitenscheibe, das die entführte Katze in ihrer Transportbox zeigte.

„Da ist ja unsere Fahrgemeinschaft", knurrte Alexandra. „Dann wollen wir mal sehen, was uns nun erwartet." Sie startete den Motor, setzte den Blinker und verließ die Parklücke direkt vor dem Hotel.

Der Weg führte am Bahnhof entlang nach rechts. Es ging durch eine Unterführung auf eine Ausfallstraße, von der sie schließlich nach links abbogen, als ein Schild am Fahrbahnrand auf eine Schrebergartenanlage hinwies. Nachdem der Kleinbus die Plakatwände zu beiden Seiten der Zufahrt passiert hatte, bremste er ab und fuhr nach rechts. Im Scheinwerferlicht war zu erkennen, dass sie sich auf einem provisorischen Parkplatz befanden, auf dem es aufgrund der Plakatwände und der wenigen Straßenlampen ziemlich finster war. Der Weg zu den Schrebergärten war durch eine Schranke versperrt. Zu beiden Seiten dieses Platzes wucherte Gestrüpp, sodass auch von dort niemand beobachten konnte, was sich hier gleich abspielen würde. Die nächsten Häuser waren zu weit entfernt, und vermutlich würden Hilferufe ungehört verhallen.

„Nicht gerade gemütlich“, meinte Tobias, während Alexandra ihren Wagen rückwärts in die Nähe einer Plakatwand rangierte, um möglichst viel Abstand zu dem Kleinbus zu haben, der inzwischen ebenfalls angehalten hatte, und um in der Lage zu sein, im Notfall rasch den Platz verlassen zu können.

„Aber für unseren Plan genau richtig, würde ich sagen“, erwiderte sie. „Denn diese Zufahrt ist auch der einzige Weg, um wieder von hier wegzukommen.“

„Eigentlich doch dumm von den Kerlen, wenn sie sich selbst um einen Fluchtweg bringen.“

„Eher arrogant als dumm“, entgegnete Alexandra. „Sie sind davon überzeugt, dass sie die Situation im Griff haben und uns haushoch überlegen sind.“

„Hoffentlich klappt alles“, sagte er.

„Keine Angst, der Köder war zu verlockend“, beruhigte sie ihn.

Die Schiebetür des Kleinbusses wurde geöffnet, und drei Männer in schwarzer Kleidung stiegen aus. Aber diesmal trug keiner von ihnen Skimasken, was Alexandra ein wenig beunruhigte. Entweder würden die drei gleich nach der Übergabe der Papierschnipsel zum Flughafen fahren und das Land verlassen; oder sie zeigten ihre Gesichter, weil entsprechend ihrem Plan ihre Verhandlungspartner nicht lange genug leben würden, um noch eine Personenbeschreibung liefern zu können.

Alexandra schüttelte den Gedanken ab, um nicht wie gelähmt im Wagen sitzen zu bleiben, und stieg aus.

Einer der Männer hielt die Transportbox in der Hand, die ein wenig schaukelte, weil die Katze zweifellos endlich rausgelassen werden wollte. Ein klägliches Miauen bestätigte Alexandras Vermutung.

Der linke Mann, der größte von den dreien, sagte auf Japanisch etwas zu seinem Kumpan ganz rechts, der daraufhin die Transportbox bis an den Platzrand trug und nahe einem Gebüsch abstellte.

Der größte Mann musste der Anführer der drei sein, oder aber er beherrschte als Einziger die deutsche Sprache. „Die Papierstücke bitte!", rief er.

Alexandra schüttelte den Kopf. „Erst meine Katze."

„Wenn Sie Ihre Katze haben", entgegnete er mit einem gehässigen Lächeln, „gibt es für Sie keinen Grund mehr, mir die Papierstücke zu geben."

„Und wenn Sie die Papierstücke haben, gibt es für Sie keinen Grund mehr, mir meine Katze zurückzugeben", konterte sie.

„Dann werden Sie mir eben vertrauen müssen, dass ich Ihnen die Katze wiedergebe."

„Warum sollte ich Ihnen vertrauen?"

Der Mann schnaubte ungehalten. „Wir können die ganze Nacht so weitermachen, aber dazu habe ich keine Lust. Wenn Sie Ihre Katze lebend wiedersehen wollen, müssen Sie mir jetzt augenblicklich die Papierstücke geben."

„Woher weiß ich, dass Sie Wort halten?", erwiderte sie und zählte die Sekunden. *Nur noch einen kleinen Moment.*

Der Japaner lachte höhnisch auf. „Unsere Unterhaltung erinnert mich an eine ähnliche Situation in einem Film, den ich mal gesehen habe."

„Was für ein Film?"

„Nicht so wichtig. Aber die Antwort, die einer der Akteure im Film gesagt hat, ist die gleiche, die Sie nun zu hören bekommen: Ich habe Ihnen nie mein Wort gegeben. Sie haben einfach gar keine andere Wahl."

Alexandra nickte und war einen Moment lang irritiert, weil sie das Gefühl hatte, nahe einem Gebüsch eine Bewegung ausgemacht zu haben. Ein Seitenblick zu Tobias verriet ihr, dass er ebenfalls etwas bemerkt hatte. Erst jetzt wurde ihr bewusst, dass dort im Gebüsch noch mehr von den Kerlen lauern könnten, was ihren Plan ziemlich durcheinanderbringen würde.

„Also gut", lenkte sie ein. „Dann wollen wir ..."

Sie verstummte, weil in diesem Augenblick der dunkle Audi, der vorhin in der Immermannstraße aufgetaucht war, herbeigefahren kam und auf der gegenüberliegenden Seite des Platzes anhielt.

„Was soll denn ...?", begann der Japaner und hielt auf einmal eine Pistole in der Hand. Wie er die Waffe so schnell hatte ziehen können, war Alexandra ein Rätsel.

„Was haben Sie denn erwartet?", fragte Tobias, während die rothaarige Frau aus dem Wagen sprang, die sie in der Nähe des Hotels Nikko beobachtet hatten. „Das hier ist einer der Stammparkplätze, zu denen die Frauen vom Straßenstrich ihre Freier lotsen. Sehen Sie sich mal um – das hier ist doch der ideale Platz."

Der Fahrer stieg ebenfalls aus und ging zu der Frau; er schien von den anderen Wagen und Leuten auf dem Platz gar keine Notiz zu nehmen. Als Alexandra sah, dass er sich eine Zigarette anzündete, atmete sie erleichtert auf.

Sie wandte sich wieder dem Japaner zu. „Wissen Sie was? Ich schlage vor, Sie lassen meine Katze hier, vergessen die Papierschnipsel und verschwinden, solange Sie noch können."

Der Mann lächelte sie mitleidig an. „Warum sollte ich das tun?"

„Weil man manchmal einfach auf den Rat anderer Leute hören sollte, ohne Fragen zu stellen", entgegnete Alexandra ruhig.

Im nächsten Moment kam ein weiteres Auto herbeigefahren, diesmal ein Kleinwagen mit der Beschriftung

„Ordnungsamt". Er bremste so hart ab, dass er auf dem festgetretenen Boden ein Stück weit rutschte. Gleich dahinter folgte ein Kleinbus der Polizei. Noch bevor der Wagen stand, wurde die Schiebetür aufgerissen, und drei Beamte sprangen heraus. Eigentlich sollten sie sich um den Audi-Fahrer und seine Begleiterin kümmern, aber beim Anblick des Japaners mit der Pistole in der Hand war klar, dass sie zuerst gegen diesen Mann einschreiten mussten.

„Miststück!", fauchte der Japaner und feuerte in rascher Folge fünf Schüsse auf die Transportbox ab, die von den Kugeln förmlich zerfetzt wurde. Die Katze darin konnte das unmöglich überlebt haben.

„Neiiiin!", schrie Alexandra aus Leibeskräften, stürmte auf den Japaner zu und rammte ihn mit voller Wucht.

Der Gangster wurde von ihrer Attacke so überrumpelt, dass er keine Gelegenheit mehr fand, sich zu verteidigen. Er fiel nach hinten und schlug mit dem Hinterkopf gegen den Kleinbus. Bewusstlos blieb er am Boden liegen. Alexandra stürzte sich auf ihn und traktierte ihn mit Fausthieben, bis sie von den herbeigeeilten Polizisten von dem Mann weggezogen wurde.

„Die Katze!", schluchzte sie und zeigte auf die durchsiebte Transportbox. „Die Katze!"

8. Kapitel

Die Polizeibeamten hatten die Lage schnell im Griff. „Was ist hier los?“, fragte einer von ihnen.

Die Japaner jedoch blieben stumm, da sie entweder kein Wort verstanden oder aber fehlende Sprachkenntnisse vortäuschten, um sich zu nichts äußern zu müssen.

Eine Polizistin hatte sich vorsichtshalber zwischen den bewusstlosen Japaner und Alexandra gestellt, die sich nun jedoch zur zerfetzten Transportbox umdrehte und mit entsetztem Blick langsam darauf zuging.

Fünf Minuten zuvor

Kater Brown, immer noch auf der Rückbank, hatte sich aufgerichtet und beobachtete das Geschehen, das sich außerhalb des Wagens abspielte. Da stand die Frau, die ihm Futter gab und ihn streichelte, daneben der Mann, der ihn immer dann streichelte, wenn er ihn sah. Und da waren drei andere Menschen, die etwas Feindseliges ausstrahlten. Das waren Menschen, die jemanden wie ihn und seinesgleichen nicht mochten. Diese Menschen mochte er auch nicht. Er beobachtete, wie einer dieser Menschen eine Kiste zur Seite stellte. Kater Brown kannte Behältnisse dieser Art. In so etwas hatte er auch schon ausharren müssen, wenn die Frau, die ihm Futter gab und ihn streichelte, mit ihm irgendwohin unterwegs war.

Durch die Löcher in der Kiste konnte er eine Bewegung ausmachen, und dann erblickte er ein Auge. In diesem Auge sah er Angst. Das konnte nichts Gutes bedeuten: Er musste etwas unternehmen.

Kater Brown sah nach links und stellte fest, dass eines der Fenster in diesem fahrenden Zimmer offen stand. Kurz entschlossen sprang er nach draußen und lief im Schutz der Dunkelheit zu der Kiste, während die Menschen redeten und redeten. Bestimmt wollte die Frau, die ihm Futter gab und ihn streichelte, den Insassen dieser Kiste befreien; aber Kater Brown konnte ihr etwas anmerken, das ihm wie Angst vorkam. Angst, dass sie es nicht schaffen würde, zu dieser Kiste zu gelangen, bevor irgendetwas Schlimmes passierte.

Er ging um die Kiste herum, und die Schwarz-Weiße darin kam sofort ans Gitter und schnupperte. Jetzt war die Angst deutlich zu spüren, die er in ihrem Auge gesehen hatte. Er begann zu schnurren, um sie zu beruhigen, aber ganz leise, sodass die Menschen es nicht hören konnten. Sein Blick ruhte auf dem Verschluss am Gitter. Ihn zu öffnen würde für ihn leicht sein, denn es war der gleiche Verschluss, der verhinderte, dass er aus seiner Kiste entkommen konnte. Kater Brown wusste, was zu tun war, weil er es ein paarmal beobachtet hatte, wenn die Frau, die ihm Futter gab und ihn streichelte, das Gitter zu- oder aufmachte. Von außen war das kein Problem, nur wenn man innen drin saß, konnte man den Verschluss nicht erreichen.

Er legte den Kopf ein wenig schräg und setzte einen Eckzahn an der Lasche an, dann drückte er sie nach unten, und tatsächlich gab der Verschluss nach. Das Gitter öffnete sich einen Spaltbreit, woraufhin Kater Brown sich zufrieden zurückzog und wartete. Die Schwarz-Weiße zögerte kurz, dann drückte sie die Stirn gegen das Gitter, das sich geräuschlos weiter öffnete, bis genug Platz für sie war, um hinauszugehen.

Kater Brown schritt den Weg zurück, den er gekommen war, drehte sich aber immer wieder um, weil er sich vergewissern wollte, dass die Schwarz-Weiße ihm auch tatsächlich folgte. An dem fahrenden Zimmer, mit dem sie hergekommen waren, blieb er stehen und schaute zum offenen Fenster hoch. Die Schwarz-Weiße stellte sich zu ihm, zögerte einen Moment lang, duckte sich dann aber und sprang in den Wagen. Kater Brown folgte ihr und kehrte zurück auf den Platz, auf dem er gelegen hatte.

Nachdem die Schwarz-Weiße ausgiebig alles beschnuppert hatte, legte sie sich zu ihm. Beide zuckten sie zusammen, als es gleich darauf mehrmals laut knallte. Kater Brown spitzte die Ohren, als er im nächsten Moment die Frau, die ihm Futter gab und ihn streichelte, laut schreien hörte.

Alexandra starrte in die zerfetzte Box und wollte ihren Augen nicht trauen. Da war keine tote Katze zu sehen, ja da war nicht mal Blut zu entdecken. Nichts, einfach nichts.

Sie richtete sich auf und rief Tobias zu: „Die Box ist leer!“

„Was?“, erwiderte er.

„Sie ist leer?“, wunderte sich laut einer der Japaner, was die Polizisten sofort hellhörig werden ließ.

„Sieh an, Sie sind ja doch gesprächiger, als Sie uns glauben lassen wollten“, sagte einer der Beamten. „Zu Ihnen komme ich gleich, und dann will ich Antworten hören.“ Nun wandte er sich wieder an Tobias und fragte irritiert: „Sie haben das hier inszeniert?“

„Kann man so sagen“, antwortete er und winkte Aoki herbei, der zusammen mit der aufreizend bekleideten Rothaarigen zu ihnen kam – die sich als gar nicht so rothaarig entpuppte, da sie im Gehen die Perücke abnahm, unter der eine dunkle Kurzhaarfrisur zum Vorschein kam. „Sehen Sie, diese … Herren da drüben haben eine Katze entführt und mit ihrer Ermordung gedroht, wenn wir ihnen nicht ein paar Papierschnipsel überlassen, die für sie offenbar sehr wichtig sind. Wir konnten nicht die Polizei einschalten, ohne das Leben der Katze zu gefährden, also hat unser Freund seine Nachbarin gebeten, mit ihm Freier und Prostituierte zu spielen. Jeder weiß, dass das Ordnungsamt in dem Viertel ausgesprochen wachsam ist und rigoros vorgeht; und wenn sich jemand auch noch scheinbar so dumm anstellt wie Herr Aoki, dann würde man ihm auf jeden Fall hinterherfahren, um ihn in flagranti zu erwischen."

„Das heißt, die Herrschaften mit dem Bus sind vorausgefahren, Sie sind ihnen gefolgt, und Ihr Freund ist Ihnen hinterhergefahren, um uns an diesen Treffpunkt zu führen?"

„Ja, in einen Satz gepackt, müsste es das sein", bestätigte Tobias.

Der Polizist sah seine Kollegin an. „Okay, so was habe ich auch noch nie erlebt. Ich bin ehrlich gesagt im Moment etwas überfragt, wen wir jetzt eigentlich für was belangen können oder sollen. Unser Freier ist kein Freier, die Frau, die er mitgenommen hat, ist keine Prostituierte. Bei den Herren aus dem Fernen Osten liegt vermutlich ein Fall von Erpressung vor, bei der anderen Seite vielleicht Irreführung der Polizei, aber … Pff, ich habe keine Ahnung. Wir werden jedenfalls sämtliche Personalien aufnehmen und den schießwütigen Herrn hier gefangen nehmen, und falls seine Kollegen wieder das Reden verlernt haben sollten, kommen die auch mit."

Der große Japaner erwachte aus seiner Ohnmacht, rappelte sich auf und rieb sich ächzend den Hinterkopf.

Da die Polizistin, die eben schützend vor ihm gestanden und seine Waffe an sich genommen hatte, sich jetzt Tobias' Ausweis zeigen ließ, trat Alexandra zu dem Japaner.

„Wo ist die Katze?", fuhr sie ihn an.

„In der Box. Sehen Sie doch selbst nach", gab er mürrisch zurück und verzog das Gesicht, als würde ihm jedes geäußerte Wort in den Ohren schmerzen.

„Das hab ich bereits getan – aber da ist sie nicht!", herrschte sie ihn daraufhin noch etwas lauter an.

„Dann ist sie eben schwer verwundet weggelaufen und verblutet jetzt irgendwo", erwiderte er desinteressiert.

„Geben Sie doch zu: Sie haben sie gar nicht mitgebracht. Sie haben das arme Tier schon längst getötet, richtig?"

Er verdrehte die Augen. „Warum sollte ich das machen? Dann hätte ich ja nichts zum Tauschen mehr besessen."

„Das brauchten Sie auch gar nicht, weil Sie vorhatten, uns nach der Übergabe der Papierstücke zu erschießen und unsere Leichen hier auf dem Platz zurückzulassen, wo man sie frühestens in acht oder neun Stunden gefunden hätte – also zu einer Zeit, zu der Sie selbst längst Richtung Heimat unterwegs gewesen wären. Geben Sie wenigstens zu, dass Sie diese Katze auf dem Gewissen haben. Ach ja, übrigens, das war sowieso nicht meine Katze. Sie hatten die falsche erwischt."

Der Japaner riss verdutzt die Augen auf. „Die falsche Katze?"

„Ja, Sie Trottel! Sie waren zu dumm, das richtige Tier zu entführen!"

„Aber warum sind Sie dann überhaupt hergekommen?", wunderte er sich. „Wenn es nicht Ihre Katze ist, was kümmert es Sie dann, was mit einem fremden Tier passiert?"

„Es kümmert mich, weil mir Tiere am Herzen liegen und weil –“

„Frau Berger, sehen Sie doch“, wurde sie von Aoki unterbrochen, der inzwischen neben ihrem Wagen stand.

„Ich bin noch nicht mit diesem –“, setzte sie an, aber er fiel ihr erneut ins Wort.

„Der Katze geht es gut“, sagte er und winkte Alexandra zu sich. „Sehen Sie doch.“

Sie kam zu ihm und schaute durch die Seitenscheibe auf die Rückbank ihres Wagens. Dort lagen zwei schwarze Katzen aneinandergeschmiegt und schliefen. Die eine war Kater Brown, die andere eindeutig das entführte Tier.

Alexandra bemerkte, dass Kater Brown kurz ein Auge öffnete und sie anblickte. Einen Augenblick später schlief er weiter, als wäre es völlig selbstverständlich, dass da eine andere Katze neben ihm lag.

Wenn Alexandra nicht mit absoluter Sicherheit gewusst hätte, dass Katzen nicht spöttisch grinsen konnten, wäre sie auf den Gedanken gekommen, dass Kater Brown gerade eben genau einen solchen Gesichtsausdruck gezeigt hatte.

Sie drehte sich zu Aoki und Tobias um, der ebenfalls einen Blick in den Wagen geworfen hatte. „Kann mir jemand erklären, wie das möglich sein soll?“

Bevor einer der anderen darauf etwas antworten konnte, bog ein goldfarbener Lexus in die Zufahrt ein und hielt hinter dem Polizeifahrzeug an. Der Fahrer, der eine Art dunkelblaue Uniform und eine Schirmmütze trug, eilte um den Wagen herum und öffnete die hintere rechte Tür. Ein älterer Japaner in dunkelgrauem Anzug und mit glatt nach hinten gekämmten grauen Haaren stieg aus und schritt langsam auf seine festgenommenen

Landsleute zu. Während er ging, deutete er in Richtung von Alexandra und Tobias eine leichte Verbeugung an.

Als er die Katzenentführer fast erreicht hatte, stellte sich ihm der dienstälteste Polizist in den Weg. „Können wir Ihnen behilflich sein?“, fragte er.

„Ja, diese Herren da drüben haben versehentlich ihre Diplomatenpässe in der Botschaft liegen lassen“, antwortete der Grauhaarige mit ruhiger Stimme, die einen starken japanischen Akzent hatte. „Ich bin hier, um sie ihnen zu bringen.“ Dann holte er aus der Innentasche seines Jacketts einen Pass, der sein eigener zu sein schien, und hielt ihn dem Polizisten hin.

„Diplomatenstatus, Herr ... Nogura?“ Der Polizist nickte. „Und diese vier gehören zu Ihnen?“

„Das kann man so sagen.“

„Einer von ihnen wollte eine Katze erschießen“, warf Tobias ein.

Der ältere Mann sah ihn desinteressiert an und erwiderte nichts darauf. Anschließend ging er am Polizisten vorbei, holte ein paar Pässe hervor und verteilte sie an seine Landsleute. Dann sagte er zu ihnen etwas auf Japanisch, was wohl nichts Freundliches sein konnte, nach den versteinerten Mienen der jungen Männer zu urteilen.

„Haben Sie ihnen gesagt, dass Sie ihnen den Hintern versohlen, wenn sie nachher nach Hause kommen?“, fragte Alexandra spöttisch, die zu dem Grauhaarigen getreten war. Sie erwartete die gleiche Reaktion wie bei Tobias – nämlich keine –, doch diesmal ließ sich Nogura dazu herab, eine Antwort zu geben.

„Ich habe ihnen eine gute Reise gewünscht“, sagte er. „Sie werden mit der nächsten Maschine nach Japan fliegen. Da wünscht man doch eine gute Reise, oder ist das bei Ihnen nicht üblich?“

Alexandra zuckte mit den Schultern und grinste ihr Gegenüber frech an. „Ich wünsche immer nur denjenigen eine gute Reise, die das auch verdient haben."

Nogura reagierte nicht auf ihre Bemerkung, sondern rief über seine Schulter hinweg den vier Erpressern etwas zu, woraufhin diese sich zögerlich in Bewegung setzten. Im Vorbeigehen zeigten sie den Polizisten ihre Diplomatenpässe und stiegen anschließend in einen weiteren Wagen, der, von Alexandra unbemerkt, auf den Platz gefahren war.

Nachdem dieses Auto und Nogura in seinem Lexus weggefahren waren, herrschte auf dem Parkplatz eine kurze Zeit völlige Stille. Alle sahen sich gegenseitig an, als wären sie soeben aus einem sonderbaren gemeinschaftlichen Traum erwacht.

„Wenn ich etwas anmerken dürfte", sagte Aoki schließlich und trat vor. Er hatte zuvor ein wenig abseits in der Dunkelheit gestanden, sodass Nogura ihn offensichtlich nicht bemerkt hatte. „Er hat diesen Männern keine gute Reise gewünscht, sondern erklärt, dass dieser gravierende Fehler ihr letzter war … und dass das Haifischbecken schon auf sie wartet."

„Haifischbecken?", hakte die Polizistin nach. „Ist das etwa ein Spitzname für das japanische Arbeitsamt?"

Aoki sah die Frau irritiert an. „Nein, das ist die Bezeichnung für ein Haifischbecken."

„Gehen wir morgen weiter auf Spurensuche?", fragte Tobias, als Alexandra den Wagen abstellte.

„Du hast doch Aoki gehört", erwiderte sie. „Er ist morgen früh um neun Uhr am Schloss und erwartet uns."

„Na ja, wir könnten ja auch einfach nur eine Weile das Japanfest genießen. Ich meine, welche Chance haben wir denn noch, diesem Todesfall auf den Grund zu gehen? Jetzt, wo diese vier Entführer, die offenbar zur Yakuza gehören, weit weg sind."

„Dennoch – der Fall lässt mir keine Ruhe. Weißt du, dass die Yakuza vier Leute auf uns ansetzt, um Kater Brown zu entführen, nur damit sie die beiden Schnipsel von uns bekommen, ist für mich ein Beweis für unsere Mordthese. Aber es war wohl kein Ehrenmord, um diesen Sumotori für ein Vergehen zu bestrafen."

„Stimmt, so etwas würde zur Yakuza nicht passen." Er hob ratlos die Schultern. „Die Frage ist nur, was wir jetzt noch unternehmen können. Dieser Hasa..."

„Hasatoryu", half sie ihm aus.

„Ja, genau der. Der hat uns vermutlich ein Märchen erzählt, und Tekiro mimt den Saubermann, obwohl er uns womöglich diese Viererbande auf den Hals gehetzt hat", resümierte er. „Dieser Diplomat ... Nogura ... der sitzt in der Botschaft, und wenn der schon diesen Gangstern Diplomatenpässe beschafft, auf die keiner von denen ernsthaft einen Anspruch hat, dann brauchen wir in der Botschaft auch sonst niemanden zu bemühen. Da wird ja keiner dem anderen in den Rücken fallen." Er atmete seufzend aus. „Und mit den anderen Sumotori zu reden bringt vermutlich auch nichts, weil wir uns dann auf Aokis Übersetzung verlassen müssen."

Sie horchte auf. „Hast du ihn etwa in Verdacht, dass er irgendwie mit drinsteckt?"

Tobias dachte einen Moment lang nach. „Komisch, dass mir der Gedanke bislang noch gar nicht gekommen ist."

„Ist das jetzt dein Ernst?"

„Nein. Aber ist dir bewusst, dass Aoki sich in einer geradezu idealen Position befände, wenn er der Mörder wäre? Er könnte unsere Ermittlungen in jede Richtung lenken, die ihm passen würde."

Alexandra schüttelte den Kopf. „Er war es ganz sicher nicht. Kater Brown hat sich bei Hasatoryu und bei Tekiro seltsam verhalten – bei denen hat er zu schnurren aufgehört –, aber Aoki behandelt er wie einen guten Freund."

Sie stieg aus und ging um den Wagen herum. Dann machte sie die hintere Tür auf und sah auf die beiden Katzen, die immer noch aneinandergekuschelt auf der Rückbank lagen. „Na, Kater Brown, wie sieht's aus? Willst du deiner Bekanntschaft mal zeigen, wo du lebst?"

Als er daraufhin aufstand und sich streckte, begann die kleinere Katze zu gähnen, ehe sie sich ebenfalls erhob. Beide sprangen aus dem Wagen. Die Kleine schaute Kater Brown abwartend an, der seinerseits zwischen Alexandra und Tobias hin- und hersah.

„Wo hast du geparkt?", fragte Alexandra.

„Kurz vor der nächsten Ecke. Wir treffen uns morgen früh direkt am Schloss, oder?"

„Ja, sicher", bestätigte sie. „Dann bis morgen und gute Nacht!"

„Nacht!", erwiderte Tobias kurz angebunden und machte sich auf den Weg.

Alexandra wollte zur Haustür gehen, stutzte aber, als sie sah, dass nur Kater Brown ihr folgte, während die kleinere Katze Tobias hinterherlief.

„Tobias!", rief sie.

Er drehte sich um. „Was?"

„Du hast Gesellschaft."

Er blickte erstaunt die Katze an, die auf ihn zukam und sich direkt vor ihm hinsetzte. „Was willst du denn von mir? Möchtest du nicht mit deinem Kumpel mitgehen? Ihr habt euch bestimmt jede Menge zu erzählen. Vielleicht habt ihr ja sogar die gleichen Vorfahren. Wär das nichts?"

Die Katze miaute ihn energisch an, woraufhin er zu Alexandra schaute. „Und was mache ich jetzt?"

„Geh schon mal zum Auto und setz dich mit ihr rein“, riet sie ihm. „Ich bringe dir gleich ein paar Sachen, wie Futter und so weiter.“

„Ich dachte eher –“

„Lass es lieber bleiben“, unterbrach sie ihn lachend. „Sie hat sich für dich entschieden, also schick sie nicht weg.“

Es war kurz nach zwei in der Nacht, als Alexandra leise seufzend den Hörer auflegte. Mindestens ein Dutzend Mal hatte Tobias inzwischen angerufen, seit er mit der Katze zu Hause angekommen war. Immer wieder war es ein anderes Verhalten gewesen, das ihn dazu veranlasst hatte, bei ihr anzurufen und sich zu erkundigen, ob es normal war, wenn eine Katze dies oder jenes tat. Nichts davon war in irgendeiner Weise Grund zur Sorge gewesen, aber Alexandra hatte eine Engelsgeduld bewiesen. Auch wenn sie immer wieder aus dem Schlaf gerissen worden war – so wusste sie wenigstens, dass ihm das Tier nicht egal war.

Mit einem weiteren Anruf war in der Nacht nicht zu rechnen, weil die Katze es sich auf Tobias' Schoß gemütlich gemacht hatte und fest eingeschlafen war.

„Ich möchte noch immer wissen, wie du das angestellt hast, diese Katze aus der Box zu holen, bevor der Idiot sie mit Kugeln durchsieben konnte“, murmelte sie an Kater Brown gerichtet, aber der schnarchte gemächlich vor sich hin.

Als er ein paar Minuten später aufwachte, den Kopf hob und sekundenlang knurrte, wunderte sich Alexandra. Sie wäre jedoch nie und nimmer darauf gekommen, dass genau in diesem Moment in einigen Kilometern Entfernung ein brennendes Feuerzeug an einen mit Benzin getränkten Stapel Papier gehalten wurde.

9. Kapitel

„Ich hoffe, ich habe Sie nicht geweckt, Frau Berger", ertönte Aokis Stimme früh am Samstagmorgen aus ihrem Handy.

„Nein, nein, ich bin schon länger auf. Ich dachte bloß, wir treffen uns um neun am Schloss", sagte sie und sah auf die Uhr. Es war Viertel nach acht.

„So hatten wir es auch vereinbart", bestätigte er. „Allerdings gibt es eine neue Entwicklung. Auf Schloss Duckrath hat es heute Nacht gebrannt."

„Oh Gott, ist jemand zu Schaden gekommen?"

„Soweit ich weiß, gab es keine Verletzten. Es hat in einem Kellerraum gebrannt", erklärte er. „Interessant daran ist allerdings, dass es sich genau um den Raum handelt, in dem die Bilder der Überwachungskameras gespeichert werden."

„Überwachungskameras?", wiederholte sie verwundert. „Die sind mir gar nicht aufgefallen."

„Das wundert mich nicht. Sie sind ganz neu und sehr klein", antwortete Aoki. „Man muss wirklich wissen, wo sie installiert sind, um sie zu entdecken."

„Heißt das, Sie haben einen Plan, auf dem die Kameras verzeichnet sind?", hakte sie nach.

„Ich werde Ihnen alles erzählen, was sich bislang zugetragen hat, sobald Sie hier sind."

„Gut, Herr Aoki, ich werde mich beeilen und Herrn Rombach sofort anrufen. Wir sehen uns in Kürze." Sie legte auf und wählte sofort Tobias' Nummer. Kater Brown saß vor ihr auf dem Küchentisch und sah sie gelassen an. „Na, was glaubst du? Wird Tobias deine neue Freundin mitbringen, der du das Leben gerettet hast?“

Ein fast beiläufiges Miauen war seine Antwort, aber das konnte wie immer alles Mögliche bedeuten.

Eine halbe Stunde später stellte Alexandra ihren Wagen auf dem Schlossparkplatz ab und stieg aus, um Kater Brown aus der Transportbox zu holen. Im selben Moment entdeckte sie aus dem Augenwinkel Tobias' Wagen an der Einfahrt. Sie winkte ihm zu und deutete auf einen freien Platz gleich neben ihrem. Kater Brown entpuppte sich an diesem Morgen als recht faul, denn er wollte ständig getragen werden. Wenn er darauf bestand, blieb ihr sowieso keine andere Wahl, als ihn auf den Arm zu nehmen. Anderenfalls hätte er sich so lange in ihren Oberschenkel verkrallt, bis ihre Jeans in Fetzen wäre.

Tobias fuhr herbei, stieg aus und stöhnte leise.

„Schlecht geschlafen?“, fragte sie grinsend.

„Ich weiß nicht. Sagt man auch, dass man schlecht geschlafen hat, wenn man überhaupt kein Auge zubekommen hat?“, entgegnete er und lächelte schwach.

„Dein kleiner Schatz war bei deinem letzten Anruf doch eingeschlafen“, wunderte sie sich.

„War sie auch. Und ich habe mich auf die andere Hälfte vom Bett gelegt. Aber aus irgendeinem Grund meinte sie, dass mein Kopf bequemer ist als das weiche Ding namens Kissen, und deshalb lag sie nach ein paar Minuten auf meinem Gesicht.“ Er schüttelte den Kopf. „Ich sag dir, ich wäre fast erstickt!“

„Warum hast du dich dann nicht auf das Kissen gelegt, wenn sie dort nicht mehr schlafen wollte?“

„Habe ich gemacht, doch sie ist mir gefolgt“, antwortete er. „Es war egal, wo mein Kopf lag, sie wollte immer auf meinem Gesicht liegen und mich im Schlaf ersticken."

Alexandra musste lachen. „Wenn ich dich so sehe, ist ihr das aber nicht gelungen."

„Aber auch nur, weil ich am Ende im Sitzen geschlafen habe ... Oder besser gesagt, weil ich den Rest der Nacht einfach nur dagesessen habe, während sie auf meinem Schoß gelegen und geschlafen hat, bis ich meine Beine nicht mehr spüren konnte!"

Sie kratzte sich am Kopf. „Ich schätze, da wirst du mal mit einem Fachmann reden müssen, vielleicht mit einem Tierarzt oder so, damit der was dazu sagt, was es mit ihrem Verhalten auf sich haben könnte."

„Ich soll mit einem Tierarzt darüber reden?" Tobias hob abwehrend die Hände. „Ich bringe dir heute Abend die Katze, dann kann dein Kater Brown sich damit beschäftigen."

„Nein, nein, das darfst du nicht machen", widersprach sie. „Die Katze hat sich für dich entschieden ..."

„Aber er hat ihr das Leben gerettet!"

„Sie hatte sich schon zuvor für dich entschieden", machte sie ihm klar. „Denk daran: Sie hatte auf deinem Wagen geschlafen, unmittelbar bevor sie von dieser Idiotentruppe entführt wurde."

„Himmel, sie hat zufällig auf meinem Wagen gelegen und geschlafen!"

„Aber gestern Abend hat sie sich ganz bewusst dafür entschieden, mit dir nach Hause zu gehen. Sie stand vor der Wahl, bei einem Artgenossen zu sein oder mit einem Menschen mitzugehen, der kein Tier zu Hause hat. Und du weißt selbst, wie sie sich entschieden hat."

„Ich –"

„Pass auf, Tobias", unterbrach sie ihn. „Das arme Tier hat gestern einiges durchgemacht, und wir wissen ja nicht mal, was sie alles erlebt hat, bevor sie auf deinem Wagen eingeschlafen ist. Lass sie ein paar Tage lang zur Ruhe kommen. Dann erkundigen wir uns, ob jemand hier in der Gegend seine Katze vermisst. Und falls sie niemandem gehört, können wir zusammen überlegen, was aus ihr werden soll. Und jetzt lass uns zu Aoki gehen, das ist im Augenblick wichtiger. Heute Nachmittag kannst du deiner Katze ja in aller Ruhe ins Gewissen reden, vielleicht geht es ja in der kommenden Nacht schon besser."

„Ja, klar, wir legen eine kleine Diskussionsrunde ein, und falls ich eines Morgens als Geist aufwachen sollte, weil ich in der Nacht erstickt worden bin, weiß ich wenigstens, wem ich das zu verdanken habe."

Aoki kam ihnen ein Stück entgegen, begrüßte sie und ging mit ihnen zum Schloss. Von der Feuerwehr war bis auf einen Kombi nichts mehr zu sehen.

„Wann genau hat es denn gebrannt?", erkundigte sich Alexandra.

„Vermutlich ist das Feuer nach zwei Uhr ausgebrochen", antwortete der Dolmetscher. „Ein Wachmann, der darauf aufpassen sollte, dass sich niemand nachts bei den Ständen und Zelten herumtreibt, bemerkte den Brandgeruch. Er rief sofort die Feuerwehr an und eilte zu dem Ort, wo Rauchwolken zu sehen waren. Es stellte sich heraus, dass nur der Raum in Flammen stand, in dem alle Recorder der Überwachungskameras untergebracht sind. Der Wachmann hat dann mit einem Feuerlöscher versucht, die Flammen wenigstens einzudämmen, aber es war nichts mehr zu retten." Er hob flüchtig die Schultern an. „Offenbar gab es in dem Raum eine Menge Papier, denn es wurden dort zahlreiche Akten aufbewahrt, die zur Vernichtung bestimmt waren."

„Zumindest das hat sich jetzt erledigt“, merkte Tobias ironisch an.

Sie betraten das Schloss, und Aoki führte sie gleich ins Untergeschoss zu dem ausgebrannten Raum. Es stank nach Ruß, und auf dem Boden hatten sich Pfützen aus Löschwasser gebildet. Das Zimmer war vergleichsweise klein, aber offensichtlich bis unter die Decke mit Akten und Technik vollgestopft gewesen, die nun ein Raub der Flammen geworden waren.

„Kann ich Ihnen irgendwie helfen?“, fragte in einem recht unfreundlichen Tonfall ein Feuerwehrmann, der sich allein in dem Raum aufhielt und aus unterschiedlichen Perspektiven Fotos schoss.

„Wir sind auf der Suche nach Herrn Terhagen“, antwortete Aoki. „Wir sind mit ihm verabredet.“

„M-hm“, brummte der Feuerwehrmann desinteressiert.

„Können Sie schon sagen, ob es Brandstiftung war?“, fragte Alexandra, auch wenn sie keine große Hoffnung hatte, von diesem Mann eine Antwort zu erhalten.

„Warum sollte ich Ihnen das sagen“, gab er zurück. „Angenommen, Sie haben das Feuer gelegt. Wenn ich Ihnen jetzt mitteile, dass das Brandstiftung war, dann sind Sie vorgewarnt. Meinen Sie, ich hätte ein Interesse daran, mögliche Brandstifter vorzuwarnen, dass ich ihnen auf der Spur bin?“

„Kann man auch freundlicher sagen“, merkte Tobias an.

„Wenn Sie's freundlicher wollen, rufen Sie unseren Pressesprecher an“, konterte der Feuerwehrmann. „Ich bin dafür nicht zuständig. Und jetzt gehen Sie bitte weiter. Sie stören mich bei meiner Arbeit.“

Wortlos gingen sie weiter den Flur entlang.

„Wer ist eigentlich dieser Terhagen?“, erkundigte sich Alexandra und setzte Kater Brown ab. „Und wie haben

Sie es geschafft, einen Plan mit einer Übersicht aller Überwachungskameras zu bekommen?“

„Ganz einfach“, antwortete Aoki. „Dieser Herr Terhagen ist ein freundlicher Mitarbeiter von der Schlossverwaltung, und ich habe ihn um Pläne gebeten, nachdem ich ihm von unseren Erlebnissen rund um den toten Rikishi erzählt hatte. Ich habe ihm auch gesagt, dass es nicht zwangsläufig einen Zusammenhang mit dem Brand geben muss. Aber falls es Brandstiftung war und dieser Sumoringer tatsächlich ermordet wurde, dann läuft uns die Zeit davon. Immerhin geht morgen das Turnier zu Ende, und danach reist der ganze Tross zurück nach Japan. Ob die Polizei bis dahin überhaupt etwas unternimmt, wenn es keine hieb- und stichfesten Beweise gibt, möchte ich bezweifeln ... Herr Terhagen war übrigens sehr entgegenkommend.“

In diesem Moment kam ein kleiner, bis auf einen lockigen Haarkranz kahlköpfiger Mann in einem dunklen Anzug um die Ecke vor ihnen geschossen und näherte sich ihnen mit zügigen Schritten.

„Und da ist er auch schon“, verkündete Aoki und stellte sie anschließend einander vor.

„Freut mich, dass Sie dieser rätselhaften Sache nachgehen“, erklärte Terhagen, der sich sogleich hingehockt hatte, um Kater Brown zu streicheln, nachdem der zu ihm gekommen war. „Nach allem, was Herr Aoki mir erzählt hat, haben Sie ja leider wirklich wenig in der Hand, um die Polizei davon zu überzeugen, dass hier ermittelt werden sollte. Gut, kommen Sie bitte mit in mein Büro, da können wir uns die Pläne ansehen, und ich kann Ihnen sagen, was genau von den Kameras erfasst wird.“

Er wandte sich zum Gehen und gab ihnen ein Zeichen, ihm zu folgen. Nach ein paar Schritten blieb er aber abrupt stehen und sah nach rechts zu einer Tür, die mit „Sanitätsraum“ beschriftet war.

„Was ist denn das?“, sagte er mehr zu sich selbst und stieß mit dem Finger gegen die Tür, die langsam aufging. „Wer bricht denn bitte den Sanitätsraum auf, wenn der Schlüssel dafür gleich danebenhängt.“

Alexandra sah nach rechts und entdeckte ein Metallkästchen mit Glasscheibe. Darin hing ein Schlüssel, über dem der Hinweis stand: „Schlüssel Sanitätsraum. Im Notfall Scheibe einschlagen.“

Als Terhagen den Raum betrat, folgte sie ihm kurz entschlossen, während die beiden anderen Männer im Flur stehen blieben. Kater Brown setzte sich an den Türrahmen und wartete geduldig.

Im Sanitätsraum befanden sich eine Liege, ein Hängeschrank mit Verbandsstoffen aller Art sowie ein Medikamentenschrank.

„Ist der nicht abgeschlossen?“, fragte sie, als sie sah, dass Terhagen die Schranktür öffnete.

„Das erübrigt sich, da ja die Tür zum Sanitätsraum abgeschlossen ist. Außerdem muss jemand, der Erste Hilfe leisten will, rasch an die Tabletten und den ganzen Rest rankommen können.“

Alexandra nickte. „Ja, das ist logisch.“

Sie standen vor dem offenen Medikamentenschrank und sahen sich Reihe um Reihe an.

„Und? Fehlt was?“, fragte Alexandra.

Terhagen schüttelte den Kopf. „Ich kann keine Lücke entdecken.“

„Hmm. Warum bricht jemand die Tür auf, wenn er dann doch nichts mitnimmt?“, wunderte sie sich.

„Vielleicht ein Ablenkungsmanöver?“

„Aber wovon soll abgelenkt werden?“, überlegte sie laut. „Wenn der Einbrecher irgendetwas mitgenommen hätte, um die Ermittler auf eine falsche Fährte zu locken …" Sie kniff die Augen zusammen. „Das da sind ja alles kleine Schachteln. Der Täter könnte sich hier bedient haben, indem er den Inhalt herausgenommen und die leere Schachtel zurückgelegt hat. Dann sieht es so aus, als würde nichts fehlen." Sie fing oben an, systematisch die Schachteln kurz herauszunehmen und zu schütteln, aber zumindest in den ersten Reihen schien nichts zu fehlen.

Terhagen begann mit der gleichen Prozedur in der untersten Reihe und arbeitete sich langsam nach oben vor.

Erst in der vierten Reihe wurde Alexandra fündig, als gleich mehrere längliche Packungen von irgendeiner Salbe ins Rutschen gerieten und zu Boden fielen.

„Bingo!", rief Terhagen, gerade als Kater Brown um die Ecke sah, um herauszufinden, was das offenbar interessante Geräusch verursacht hatte. Er krallte sich eine der leeren Packungen und spielte mit ihr.

„Und noch mal bingo!", sagte sie. „Das ist eine Salbe gegen Verbrennungen. Unser Dieb hatte alle sechs Packungen geleert, die Tuben eingesteckt und die Verpackungen wieder ins Regal gelegt." Aus dem Augenwinkel sah sie, dass eine Packung von dieser Salbe noch im Schrank war. Als sie die Schachtel anhob, merkte sie, dass hier die Tube nicht fehlte. „Nur die hat er übersehen. Vielleicht, weil er in Eile war."

„Was will jemand mit sechs Tuben Brandsalbe?"

„Zum Beispiel die Brandwunde behandeln, die er sich zugezogen hat, als er da drüben das Feuer gelegt hat", erwiderte Alexandra.

Terhagen nickte. „Ja, natürlich. Da hat sich jemand wohl ordentlich die Finger verbrannt."

Sie öffnete die Verpackung und zog die Tube heraus.

„Aber falls das einer von den Sumoringern war", redete er weiter, „dann werden wir das wahrscheinlich nie herausfinden. Die tragen doch alle irgendwelche Verbände. Da fällt das überhaupt nicht auf, wenn einer von ihnen sich den Arm verbindet, weil er sich die Haut verbrannt hat. Und wir können keinen von denen zwingen, den Verband abzunehmen."

„Vielleicht hat das Zeug ja eine markante Farbe oder stinkt", gab Alexandra zu bedenken. „Möglicherweise müssen wir nur auf einen verfärbten Verband achten oder auf einen stechenden Geruch." Sie schraubte den Verschluss auf und drückte leicht auf die Tube; doch gleich darauf verzog sie enttäuscht den Mund. „Mist, eine farblose Paste, und ... sie riecht auch nicht."

Plötzlich miaute Kater Brown so laut und fast schon jämmerlich, dass Alexandra fürchtete, er könnte sich verletzt haben. Sie schaute nach unten, denn er hatte sich inzwischen direkt vor sie hingesetzt und starrte nun wie hypnotisiert die Tube an. Als er sich auch noch zu ducken begann, als wollte er zum Sprung ansetzen, drehte sie sich schnell weg. Sie schob die Tube zurück in die Schachtel und steckte sie in die Tasche. Kater Brown schien sie noch immer anspringen zu wollen. Doch als sie sich bückte und ihm die Schachtel zum Schnuppern hinhielt, wandte er sich desinteressiert ab.

„Was war denn das gerade?", wunderte sich Terhagen.

„Das, Herr Terhagen, war vermutlich ein Wink des Schicksals. Mein Kater reagiert auf diese Paste, die für mich nach nichts riecht. Wir müssen ihn also nur an den Verbänden der Sumotori schnuppern lassen. Wenn einer von ihnen die Salbe aufgetragen hat, wird Kater Brown uns wissen lassen, wer es war."

„Gut, dann gehen wir sie besuchen und lassen den Kater schnuppern", sagte Terhagen entschlossen und verließ den Sanitätsraum.

Sie folgte ihm nach draußen und erwiderte: „Nein, wir sollten uns erst den Plan der Überwachungskameras ansehen. Vielleicht findet sich ja irgendein Hinweis, welche Aufnahmen vernichtet werden sollten. Wenn wir den Täter damit konfrontieren können und die Salbe an ihm finden, haben wir mehr gegen ihn in der Hand. Außerdem müssen wir alle Leute erst mal in einem Raum versammeln, damit niemand vorgewarnt wird und Zeit hat, die Salbe abzuwaschen."

Terhagen nickte. „Dann können wir nur hoffen, dass es auch wirklich einer von ihnen war. Wenn der Brandstifter Verletzungen davongetragen hat, könnte er auch irgendeinen beliebigen Arzt oder ein Krankenhaus aufsuchen, um sich behandeln zu lassen, ohne dass wir jemals davon erfahren werden."

Alexandra schaute nachdenklich in die Runde. „Die Möglichkeit besteht natürlich. Aber ich glaube trotzdem, wir können mit ziemlicher Sicherheit davon ausgehen, dass der Täter hier im Haus zu finden ist."

„Na gut, dann werde ich Ihnen jetzt mal die Standorte der Überwachungskameras zeigen", sagte der Mann und ging voran.

„Wieso legt jemand ein Feuer und gefährdet Menschenleben", fragte sich Tobias laut, „wenn nicht eine einzige Kamera auch nur in der Nähe des Fitnessraums montiert ist?"

„Wir haben vor einer Weile die alten Kameras abmontiert und neue Modelle installiert, weil sie nicht so klobig sind und nicht das Dekor verschandeln", erklärte Terhagen. „Zusammen mit der Anlage im Keller war das ein teurer Spaß. Deshalb haben wir uns bei der Aufstellung von Kameras zunächst auf die Bereiche im Schloss konzentriert, in denen normalerweise Besucher unterwegs sind – und draußen natürlich auf die Wege und Zufahrtstore." Nach einer kurzen Pause fügte er hinzu: „Durch das Japanfest sind jetzt viel mehr Leute im Schloss, die hinter den Kulissen Dinge vorbereiten, aber es wäre zu teuer und auch zu kurzfristig gewesen, vor dem Fest noch alle anderen vorgesehenen Kameras zu installieren." Er zuckte mit den Schultern. „Ich meine, wer rechnet denn auch damit, dass einer von diesen Ringern unter rätselhaften Umständen ums Leben kommt und dann noch jemand ein Feuer legt?"

„Vermutlich hat das etwas damit zu tun, dass gestern Abend diese Erpressung gründlich fehlgeschlagen ist", erwiderte Tobias. „Heute Nacht wollte wohl jemand auf Nummer sicher gehen, weil er von seinen lieben ‚Diplomaten'-Freunden gehört hat, dass wir weiterhin nachforschen."

Plötzlich sprang Kater Brown mit einem Satz von Terhagens Schreibtisch auf die Fensterbank, sah nach draußen und miaute leise. „Hör auf, Kater Brown", sagte Alexandra. „Erstens kannst du dir sowieso keinen von den Vögeln schnappen, weil du durch die Scheibe von ihnen getrennt bist, und zweitens ist dir das Futter aus der Dose sowieso lieber."

„Ach, dann schleppt er keine lebenden Mäuse an, um sie Ihnen zu präsentieren?", fragte Terhagen amüsiert.

„Davor bleibe ich zum Glück bewahrt", antwortete sie erleichtert. „Kater Brown bevorzugt Fertigessen."

Der Kater miaute weiter und wurde immer lauter, bis alle im Raum darauf achteten, wie er aus dem Fenster schaute.

„Das ist nicht normal", konstatierte Alexandra, stand auf und stellte sich zu ihm. Auch die anderen kamen dazu, sodass sie schließlich zu fünft aus dem Fenster schauten, von dem aus man einen Teil der Festwiese und den Zufahrtsweg sehen konnte, der links am Schloss vorbeiführte. Von diesem Zimmer im ersten Stock aus hatten sie nach rechts einen besonders guten Blick; nur parallel zum Zufahrtsweg stand eine regelrechte Wand aus Bäumen, durch die man nicht hindurchsehen konnte.

Kater Brown miaute unablässig weiter und klang allmählich schon ungehalten. Aber sosehr sich Alexandra auch anstrengte – sie konnte außer einem Meer aus Grün, dem Zufahrtsweg und den vorbeiströmenden Besuchern des Japanfests nichts Ungewöhnliches entdecken.

Tobias schüttelte frustriert den Kopf. „Keine Ahnung, was er hat."

„Vielleicht hat er ja einen Schmetterling gesehen", überlegte Terhagen.

Aoki zog auf einmal sein Smartphone und schaltete die Kamera ein. Er stellte sich hinter Kater Brown und hielt das Gerät ungefähr in dessen Kopfhöhe, um den gleichen Blickwinkel zu bekommen wie der Kater.

„Aha!", murmelte er nach einer Weile und drückte auf den Auslöser. „Ich glaube, *das* hat er gesehen." Aoki hielt anschließend sein Smartphone so, dass die anderen das Display deutlich erkennen konnten.

„Das ist ja ... eine *Kamera*", stellte Terhagen erstaunt fest. „Aber ... was hat die da zu suchen?"

10. Kapitel

„Das ist keine von unseren Kameras", erklärte Terhagen mit Nachdruck, als sie ein paar Minuten später im Park standen und Kater Browns Entdeckung betrachteten. „Diese Hecke da verdeckt einen Zaun, der das Schlossgelände von der Sportanlage dahinter trennt. Die Kamera gehört zur Anlage nebenan. Möchte wissen, welcher Witzbold sie auf das Schloss gerichtet hat."

Alexandra drehte sich um und verlängerte im Geiste die Sichtlinie des Objektivs. „Wenn wir Glück haben, hat der Witzbold uns einen riesigen Gefallen getan. Die Kamera zeigt nämlich auf den Trainingsraum. Und so hoch, wie sie montiert ist, müsste sie eigentlich den richtigen Winkel haben, um durch die Fenster dieses Raums das Geschehen innen drin zumindest teilweise zu erfassen."

„Stellt sich nur die Frage, ob die Kamera auch was aufgenommen hat", meinte Tobias.

„Das werden wir hoffentlich bald wissen", sagte Alexandra. „Ich gehe rüber; ihr wartet hier auf mich."

„Warum sollten wir warten?", wollte Tobias wissen.

„Weil ich dem Platzwart leichter schöne Augen machen kann, wenn ich nicht in Männerbegleitung bin."

„Und wenn der Platzwart eine Frau ist, die etwas für knackige Kerle übrig hat?", hielt er dagegen.

„Knackige Kerle? Ich dachte, *du* willst mitkommen", zog sie ihn auf und fing sich damit einen Klaps am Oberarm ein. „Na, meinetwegen. Dann komm eben mit. Herr Aoki, würden Sie …?"

„Natürlich komme ich gerne mit", antwortete er auf eine Frage, die sie gar nicht hatte stellen wollen. „Vielleicht ist der Platzwart ja eine Frau, die einen exotischeren Geschmack hat."

Kater Brown stellte sich zu ihr und sah sie an, als wollte er sagen, dass der Platzwart ja unter Umständen eine Katze hatte, die an einem attraktiven Kater Interesse haben könnte.

Alexandra gab sich geschlagen. „Dann treten wir eben als Delegation auf."

Der Weg zur Sportanlage gestaltete sich länger als erwartet, da ihr Eingang nicht nahe der Zufahrt zum Schloss lag, sondern am entgegengesetzten Ende des großen Parks.

Vielleicht lag es an der Nachbarschaft zum Schloss, vielleicht aber auch daran, dass sie sich hier in einem der nobleren Viertel der Stadt befanden, auf jeden Fall war die Anlage in einem sehr gepflegten Zustand, was auch für die Gebäude hier galt. Auf dem Fußballplatz spielten Jungs, die alle ungefähr zehn Jahr alt waren, die etwas Älteren übten sich in Tennis oder Leichtathletik.

An einem Pavillon in der Nähe des Eingangs klopften sie an, und wenig später öffnete ein etwas kauzig wirkender Mann ihnen die Tür.

„Ja, bitte?"

Sein unfreundlicher Tonfall wollte nicht so recht zu dem gehobenen Ambiente der Anlage passen, aber im nächsten Moment wurde Alexandra klar, warum der Mann so unhöflich war. Sein Blick, der sie und Tobias von Kopf bis Fuß erfasste, verriet seine Gedanken. Sie beide waren zwar recht ordentlich angezogen, aber es war zu gewöhnliche Kleidung, die nicht nach Edeldesigner und Kö-Boutique aussah. Für den Mann war offensichtlich, dass sie beide nicht in dieses Viertel gehörten und auf dieser Anlage nichts zu suchen hatten. Dass Aoki einen Maßanzug trug, schien für ihn kein Grund darzustellen, die beiden anderen Besucher in einem anderen Licht zu sehen.

„Sind Sie der Platzwart, Herr … Büchel?“, fragte Alexandra, nachdem sie einen Blick auf sein Namensschild geworfen hatte.

„Ja, und wer sind Sie?“

„Mein Name ist Berger, das sind meine Kollegen Rombach und Aoki. Wir sind Journalisten und gehen einem tödlich verlaufenen Unfall nach, der sich am Freitag nebenan im Schloss ereignet hat.“

„Davon weiß ich nichts“, erwiderte Büchel und wollte gleich wieder die Tür schließen, aber Alexandra ging einen Schritt nach vorn und stellte sich in den Eingang.

„Sehen Sie, wir recherchieren in diesem Fall“, redete sie unbeeindruckt weiter, „weil die Hinterbliebenen des Opfers behaupten, die Schlossverwaltung sei an dem Unfall schuld und müsse einige Millionen Euro Schadenersatz leisten.“

„Ach so. Und Sie sollen beweisen, dass es so war?“

„Wir sollen die Wahrheit herausfinden“, antwortete sie ausweichend. Sie wusste nicht, wie das Verhältnis dieses Mannes zur Schlossverwaltung war, daher versuchte sie, sich so vage wie möglich auszudrücken, damit er nicht erkannte, auf wessen Seite sie nun stand.

„Und was erwarten Sie von mir?“

„Nun, eine Ihrer Kameras ganz hinten am Zaun ist auf den Fitnessraum im Schloss gerichtet“, erklärte sie. „Wir würden gern wissen, ob die Kamera zufällig etwas aufgenomm–“

„Die Kamera ist nicht auf das Schloss gerichtet“, fiel er ihr ins Wort.

„Doch, das ist sie“, protestierte Tobias. „Wir haben es alle gesehen.“

„Dann muss der Wind sie gedreht haben."

„Entschuldigen Sie, wenn ich Ihnen da widerspreche", beharrte Tobias. „Aber eine solche Kamera kann nicht vom Wind zur Seite gedreht werden. Dafür ist sie –"

„Dann waren es eben ein paar von den Jungs, die mir einen Streich spielen wollten."

„Die müssten mit einer Leiter und mit Werkzeug angerückt sein", meinte Alexandra.

„Na und, warum denn nicht?"

„Und wieso ist Ihnen noch nicht aufgefallen, dass Ihnen die Kamera auf einmal den Fitnessraum von Schloss Duckrath zeigt?", wollte sie wissen. „Ich möchte wetten, all die reichen Eltern, die ihre Kinder herschicken, erwarten von Ihnen, dass Sie das Gelände im Auge behalten: und zwar diese Anlage hier! Und nicht andere Grundstücke und deren Fitnessräume, in denen vielleicht ein paarmal die Woche junge Damen in möglicherweise knappen Outfits Sport treiben."

Büchel schluckte, ihm stand mit einem Mal der Schweiß auf der Stirn. „Ich habe keine Ahnung, wovon Sie reden."

„Den reichen Eltern wird es nicht gefallen, wenn sich der Platzwart als Spanner entpuppt. Oder meinen Sie, damit wären die einverstanden?", legte Tobias nach.

„Ich … ich …"

„Wir können Ihnen gern Gesellschaft leisten", schlug Aoki vor, „während wir hier alle zusammen auf die Polizei warten, damit die sich die Aufnahmen ansieht, die von dieser vom Wind gedrehten Kamera gemacht wurden."

Büchel atmete angestrengt und strich sich über seine nur ein paar Millimeter langen grauen Haare. „Und … ähm … was genau brauchen Sie, haben Sie gesagt?"

Alexandra nannte ihm den Zeitraum, innerhalb dessen Miriyokami ums Leben gekommen sein musste.

„Warten Sie bitte hier, ich bin gleich wieder da", murmelte Büchel, schloss die Tür und verschwand in einem Hinterzimmer, wie sie ihn durch das Fenster der Pförtnerloge beobachten konnten.

„Wollen wir mal hoffen, dass er jetzt nicht alles löscht", murmelte Tobias.

„Alles Gelöschte lässt sich wiederherstellen", beruhigte Aoki ihn. „Und es ist nicht anzunehmen, dass dieser Mann eine Zugriffsberechtigung besitzt, um so tief in das System einzudringen."

Einige Minuten vergingen, dann wurde die Tür wieder geöffnet. „Ich habe den Mitschnitt auf diesen USB-Stick kopiert, aber den müsste ich bald wiederhaben. Die Dinger habe ich nicht einfach so rumliegen."

Alexandra nickte. „Kein Problem, wir haben unsere Wagen hier nebenan geparkt. Ich kann das gleich auf meinen Laptop kopieren und Ihnen in ein paar Minuten den Stick wiederbringen."

„Das wäre wirklich nett", murmelte Büchel und schloss die Tür.

„Wahrscheinlich braucht er den Stick, um den Fitnesskurs von letzter Woche zu kopieren", spöttelte Alexandra, als sie zum Parkplatz gingen.

„Sehen wir darüber eigentlich hinweg, was er mit der Videoanlage treibt?", wollte Tobias wissen. „Ich meine, er hat zwar diese Datei da rausgerückt …"

„… aber wir mussten erst sanften Druck ausüben", warf Aoki ein. „Ich sehe das nicht als Entgegenkommen von seiner Seite. Außerdem haben wir ihm ja nicht versprochen, dass wir schweigen, wenn wir den Ausschnitt von ihm bekommen."

„Ganz genau, und ich kann mir irgendwie nicht vorstellen, dass das die einzige Kamera ist, die er verstellt hat", stimmte Alexandra zu. „Er kriegt den Stick zurück, nachdem ich den komplett kopiert habe, und dann wird die Polizei informiert, dass sie den Mann mal unter die Lupe nehmen soll."

An ihrem Wagen angekommen, holte sie den Laptop aus dem Kofferraum und fuhr den Rechner hoch. In der Zwischenzeit legte sich Kater Brown auf die Motorhaube und räkelte sich ausgiebig.

Alexandra kopierte die Datei, klickte sie an und startete den Player. „Ich spule ein Stück weit vor", sagte sie, als sie sah, dass der Platzwart rund drei Stunden Film für sie auf den Stick kopiert hatte.

„Da! Da!", rief Aoki nach etwa einer Minute, und sie schaltete auf normale Wiedergabe um. „Das ist Miriyokami!"

„Und sehr deutlich zu erkennen", kommentierte Tobias.

„Der da ist ...", begann Alexandra. „Das kann doch wohl nicht wahr sein", murmelte sie, als sie sah, wer Miriyokami da Gesellschaft leistete.

„Das genügt, um die Polizei einzuschalten", fand Tobias. „Tja, da werden sich ein paar Leute wundern, dass ausgerechnet eine Maneki-neko sie überführt hat." Er überlegte kurz. „Allerdings muss das Ganze schnell gehen, damit keiner von denen noch Zeit genug hat, um jemanden anzurufen. Sonst platzt uns da auch wieder irgendein wichtiger Mensch rein, der Diplomatenausweise verteilt."

Alexandra dachte kurz nach und wandte sich an Aoki. „Findet nicht heute Nachmittag hier im Schloss irgendein offizielles Treffen statt?"

„Ja, verschiedene Delegierte der japanischen Gemeinschaft werden empfangen."

„Werden die Sumotori auch dabei sein?“, wollte sie wissen.

„Auf jeden Fall“, bestätigte Aoki. „Viele der Geladenen sind Sponsoren von Sumoställen, da gehört ein Zusammentreffen mit den Rikishi dazu.“

Alexandra nickte zufrieden. „Ich schätze, Herr Terhagen wird nichts dagegen einzuwenden haben, wenn wir den Empfang für eine kleine Filmpremiere nutzen“

Alexandra sah auf die Uhr. Viertel vor drei. Der Moment war gekommen, um die Wahrheit ans Licht zu bringen. Entgegen ihrer ursprünglichen Absicht war sie schließlich auf Terhagens Wunsch eingegangen, den Film nur im kleinen Kreis der Sumotori zu zeigen, um das Verhältnis zwischen den deutschen und den japanischen Geschäftsleuten nicht durch eine solche Enthüllung zu belasten.

„Es bringt nichts, diese Leute vor einem noch größeren Publikum bloßzustellen“, hatte Terhagen ihr erklärt. „Es würde nur die festliche Stimmung beschädigen, und es gibt keinen Grund, Menschen leiden zu lassen, die mit dieser Sache nichts zu tun haben.“

Sie hatte eingelenkt, und nun wartete sie auf das Finale. Aoki kam aus dem kleinen Saal, in den man alle Sumotori gebracht hatte, und nickte ihr zu. Sie drehte sich zu Tobias um, der an der Ecke zu einem Seitengang stand und sich mit jemandem unterhielt, den sie nicht sehen konnte. „Es geht los“, sagte sie und stand auf. Kater Brown hatte sich von ihr auf den Arm nehmen lassen und genoss es sichtlich, von ihr getragen zu werden.

Tobias kam zu ihr; dann gingen sie gemeinsam in den Saal, in dem sie zuvor mit dem Funktionär Ryuichi Tekiro gesessen und über die verräterischen Papierschnipsel gesprochen hatte. Tekiro saß auch jetzt wieder am Tisch, diesmal aber am Kopfende, während an den beiden Längsseiten sämtliche mitgereisten Sumotori Platz genommen hatten und mit teilnahmsloser Miene vor sich hin blickten.

„Ah, Frau Berger", begrüßte Tekiro sie ein weiteres Mal und stand auf, um ihr die Hand zu geben. „Sagen Sie, was gibt es denn so Wichtiges, dass meine Rikishi und ich noch vor dem offiziellen Termin heute Nachmittag erscheinen sollten?" Seine freundliche Miene konnte bedeuten, dass er wirklich keine Ahnung hatte, was sie alle erwartete, oder aber er wusste es ganz genau und hatte beschlossen, den Unwissenden zu mimen.

„Es gibt eine neue Entwicklung, die den Tod des Sumotori Miriyokami betrifft", antwortete sie, setzte Kater Brown am anderen Ende des Tischs ab und gab Aoki ein Zeichen, damit er übersetzte, was sie sagte. „Es hatte ja so ausgesehen, als sei Miriyokami einem Herzleiden erlegen. Ein Rätsel gaben mir aber die zwei in seiner Nähe gefunden Papierfetzen auf, die besagen, dass ‚sonst das Ende naht'. Beide wurden von Kater Brown im Raum entdeckt, in dem Miriyokami gestorben war. Herr Tekiro war entsetzt über die Möglichkeit, dass Miriyokami in irgendeinen Skandal verwickelt gewesen sein könnte. Wenig später erfuhr ich von Sumotori Hasatoryu, dass er von Gerüchten gehört hatte, denen zufolge Miriyokami mit Bestechungsgeldern Kämpfe manipuliert haben sollte. Und kurz darauf entführten vier Männer unseren Kater, oder besser gesagt: Sie entführten eine Katze, die sie für unseren Kater hielten. Und sie drohten, ihn zu töten, wenn wir ihnen nicht die Papierschnipsel aushändigen würden. Bei der Übergabe gelang es uns, die vier zu überlisten, und wie durch ein Wunder überlebte auch die Katze, weil Kater Brown sie rettete. Die vier Männer entpuppten sich dann seltsamerweise als Diplomaten, die gleich darauf unbehelligt das Land verlassen durften. Wie Sie vermutlich alle wissen, wurde außerdem in der letzten Nacht im Schloss ein Feuer gelegt, und zwar in dem Raum, in dem die Bilder der Überwachungskameras gespeichert wurden. Alle Aufnahmen fielen den Flammen zum Opfer. Und nun kommt das Kuriose: Keiner von uns hatte daran gedacht, dass Überwachungskameras uns helfen könnten, die Umstände von Miriyokamis Tod aufzuklären, zumal es auch keine einzige Kamera gibt, die in der Nähe des Fitnessraums montiert ist. Allerdings hat uns diese eigentlich so sinnlose Brandstiftung auf die Idee gebracht, nach anderen Kameras zu suchen. Und wieder war es Kater Brown, der uns auf die richtige Spur brachte." Sie streichelte den Kater, der es rundum zu genießen schien, im Mittelpunkt zu stehen. Dann blickte sie kurz zu Hasatoryu und Tekiro, die beide keinerlei Regung erkennen ließen. Sie hätte ebenso gut eine Strickanleitung runterleiern können, so desinteressiert wirkten die beiden.

„Wir haben eine Kamera gefunden, die uns das liefern konnte, was wir unbedingt hatten wissen wollen", sprach sie weiter, „nämlich die Antwort auf die Frage, wie Miriyokami wirklich ums Leben gekommen ist."

Tobias ging an ihr vorbei und schaltete den Fernseher ein, dann steckte er den USB-Stick in den angeschlossenen Player und stellte sich wieder an die Seite. Alexandra blickte über die Schulter.

Zuerst sah man nur den menschenleeren Fitnessraum, gefilmt von schräg oben, sodass man beinahe den ganzen Raum überblicken konnte. Lediglich das, was sich hinter der Außenwand befand, war nicht im Bild, aber auf den Bereich kam es zum Glück nicht an. Die Tür stand offen, und Sekunden später kam ein Sumoringer herein.

„Das ist Sumotori Haruto", merkte Alexandra an.

Das Raunen, das am Tisch die Runde machte, ließ vermuten, dass die anderen ihn bereits erkannt hatten.

Haruto hielt ein Blatt in der Hand, das er am Laufband festklemmte, dann verließ er den Raum wieder. Ein paar Minuten lang geschah nichts – Tobias ließ das Video vorlaufen –, dann kam wieder ein Kämpfer herein.

„Sumotori Miriyokami", verkündete Alexandra.

Er ging zum Laufband, entdeckte den Zettel und begann zu lesen. Man sah ihm an, dass ihn der Text wütend machte. Haruto kam zurück, und ihm folgten zwei andere Sumoringer.

„Die Sumotori Hasatoryu und Tenkimako."

Man konnte erkennen, dass ein hitziger Streit entbrannt war, denn es wurde wild gestikuliert. Nach ein paar Minuten betrat ein Mann im Anzug den Fitnessraum und schloss die Tür hinter sich.

„Und zu guter Letzt erscheint Herr Tekiro."

Sie sah zu ihm und stellte fest, dass er die Augen zukniff. Gleiches galt für die drei Sumotori, die mit ihm im Überwachungsvideo zu sehen waren.

Miriyokami stritt sich nun auch mit Tekiro, schließlich nahm er den Zettel, zerriss ihn in kleine Fetzen und warf sie seinem Gegenüber ins Gesicht.

Tekiro kochte sichtlich vor Wut. Er schrie den Sumotori an, dann zeigte er auf die drei anderen, die daraufhin Miriyokami packten und zum Laufband zerrten. Miriyokami versuchte sich zu wehren, aber als auch noch Tekiro ins Geschehen eingriff, war er machtlos. Die vier hatten ihn am Laufband in einen Klammergriff genommen, der ihm keine Gegenwehr erlaubte und ihn zwang, einen Fuß vor den anderen zu setzen. Hasatoryu drehte die Geschwindigkeit höher, und Miriyokami hatte schon nach wenigen Minuten Mühe, nach Luft zu ringen. Er riss den Mund weit auf, während Tekiro nach einem dünnen Holzstab griff und damit auf Miriyokami einschlug, sobald der das Laufen verweigern wollte. Jedes Mal zuckte dann ein Bein nach vorn, während Miriyokamis Gesichtszüge zeigten, wie qualvoll jeder weitere Schritt für ihn war.

Das grausame Schauspiel zog sich einige Minuten lang hin – länger, als Alexandra es für möglich gehalten hätte. Dann kippte der Kopf des Sumotori abrupt nach vorn, und sein Körper wurde schlaff. Die vier Männer ließen ihn los. Der leblose Körper sackte zusammen und blieb dort liegen, wo man ihn später gefunden hatte.

Tenkimako sammelte die Schnipsel des Drohbriefes ein, dann verließ er mit den anderen den Raum. Kurz darauf kam Kater Brown durch ein Oberlicht herein und sprang nach unten. Er beschnupperte die Leiche, las dann einen übersehenen Papierfetzen auf und verließ den Raum wieder durch das Oberlicht. Tobias ließ erneut das Video vorlaufen, bis der Hausmeister die Tür aufschloss und der Tote gefunden wurde.

Alexandra schaltete den Fernseher aus und wandte sich den Sumotori zu. Mit Ausnahme der vier Männer, die den Mord begangen hatten, war allen anderen Entsetzen und Abscheu deutlich anzusehen.

Im nächsten Moment schüttelte Tekiro den Kopf und schaute fast mitleidig drein, so als hätte sein bester Schüler soeben eine kinderleichte Prüfung verpatzt. „Frau Berger, ohne die Gespräche zu kennen, die bei diesem Vorfall stattgefunden haben, ist es unmöglich zu beurteilen, was da eigentlich passiert ist. Sie müssen wissen –"

„Ist das Ihr Ernst?", unterbrach Alexandra ihn. „Als würde es nicht reichen, dass Sie einen Mann ermordet haben – wollen Sie ihn jetzt auch noch durch den Dreck ziehen? Schämen sollten Sie sich, Herr Tekiro." Sie deutete mit einer Kopfbewegung auf Aoki. „Herr Aoki war heute Mittag so freundlich, mit Miriyokamis Witwe Kontakt aufzunehmen. Von ihr wissen wir, dass ihr Mann umfangreiche Beweise zusammengetragen und bei einem Anwalt hinterlegt hat. Beweise, die belegen, dass Sie und Ihre drei Freunde hier und noch einige Leute in Ihrer Heimat sich diverser Verbrechen schuldig gemacht haben. Erpressung, illegales Glücksspiel, Förderung der Prostitution – und das alles in enger Zusammenarbeit mit der Yakuza. Alles in allem also genügend Gründe, um Miriyokami aus dem Weg zu räumen. Zu dumm nur, dass Miriyokami so etwas vorausgeahnt und vorgesorgt hatte. Seine Frau soll nämlich im Falle seines Todes den Anwalt anweisen, mit diesen Unterlagen an die Öffentlichkeit zu gehen. Genau das ist vor ein paar Stunden geschehen."

„Ich ...", begann Tekiro, verstummte aber gleich wieder. Denn wie auf ein Zeichen hin ging die hintere Tür zum Saal auf, und mehrere uniformierte und zivile Polizisten kamen herein.

Alexandra hob kurz ihre rechte Hand, damit die Sumotori noch einen Moment auf ihren Sitzplätzen blieben. „Letztlich sind Sie vier von einer Katze überführt worden. Und um es für Sie noch ein wenig peinlicher zu machen, wird Kater Brown zum Schluss auch noch den Brandstifter enthüllen." Sie drehte sich zu Aoki um. „Sagen Sie ihnen bitte, sie sollen die Ärmel hochziehen."

Der Dolmetscher gab die Aufforderung weiter. Die Sumotori zogen die Ärmel ihrer Morgenmäntel hoch und warteten ab, was als Nächstes geschehen würde. Alexandra suchte die Männer heraus, die auffällige Verbände an den Unterarmen oder Händen trugen – es waren fünf –, und ließ sie nach vorn kommen. Dann stieß sie Kater Brown leicht an, der sich erhob und beim Anblick der ausgestreckten Arme wohl dachte, dass es für ihn Leckerchen zu essen gab. Bei jedem einzelnen Mann schnupperte er an den Händen und ging ein wenig enttäuscht weiter, da doch keiner von ihnen etwas zu essen für ihn hatte.

Beim vierten Sumotori angekommen, stutzte Kater Brown. Er schnupperte am Handgelenk und am Unterarm, dann begann er zu miauen und den Kopf am Verband zu scheuern.

„Sumotori Hasatoryu", sagte Alexandra zufrieden. „Sie haben sicher Verständnis dafür, dass ich Sie von Anfang an im Verdacht hatte."

Hasatoryu verzog bei jedem Kontakt von Kater Browns Kopf mit seinem Arm das Gesicht, als würden diese Berührungen ihm Schmerzen bereiten. „Was soll der Unsinn?", knurrte er. „Wie kommen Sie darauf, mich als Brandstifter hinzustellen, nur weil diese Katze mich sympathisch findet?"

„Weil sie nicht Sie sympathisch findet, sondern weil sie auf den Geruch der Brandsalbe reagiert, die Sie aus dem Sanitätsraum im Keller gestohlen haben", erklärte sie – auch an den Kommissar gewandt –, mit dem sie diese Szene zuvor noch abgesprochen hatte.

Der Sumotori hatte Mühe, die Ruhe zu bewahren, was für Alexandra Grund genug war, Kater Brown von ihm wegzuholen. Bei den Kräften, die explosionsartig erwachen konnten, wollte sie das Tier lieber nicht in der Nähe dieses Mannes sehen.

„Würden Sie den Verband um Ihren Unterarm bitte abnehmen, damit wir alle uns davon überzeugen können, dass Kater Brown den Täter wirklich ausfindig gemacht hat?", forderte sie ihn auf.

Tekiro warf ihm eine schroffe Bemerkung an den Kopf, und daraufhin begann Hasatoryu, den Verband vom Arm abzuwickeln. Zum Vorschein kam eine großflächige Wunde, die nässte und in einem ungesunden Rot leuchtete.

„Wissen Sie was?", sagte Alexandra. „Sie können froh sein, dass Sie überführt wurden. Jetzt kann sich wenigstens ein Arzt um diese Brandwunde kümmern. Sonst würden Sie damit bestimmt noch Probleme bekommen."

„Wie tröstlich!", gab Hasatoryu spöttisch zurück und wickelte den Verband wieder um den Arm.

„So, die Herren", meldete sich der Polizist zu Wort, mit dem Alexandra gesprochen hatte. „Ich nehme Sie alle unter dem Verdacht des gemeinschaftlichen heimtückischen Mordes fest und außerdem wegen Brandstiftung. Sie werden in Gewahrsam genommen, da bei Ihnen Fluchtgefahr besteht. Dem Haftrichter werden Sie so bald wie möglich vorgeführt." Er gab seinen Leuten ein Zeichen, dann wurden den drei Sumotori und dem Funktionär Handschellen angelegt, und man führte sie an Alexandra und Tobias vorbei zur rückwärtigen Tür, durch die man zu einem Seitenausgang gelangte. Die Polizisten wollten die Verhafteten möglichst unauffällig wegschaffen.

„Ich hoffe, Sie sind jetzt glücklich", knurrte Tekiro, als er an Alexandra vorbeigeführt wurde.

„Glücklich und zufrieden", gab sie amüsiert lächelnd zurück. „Und wissen Sie was? Ich hoffe, es gibt ein Auslieferungsabkommen, damit man Sie daheim als Mörder, Brandstifter und Verräter verurteilt. Hier würde das niemanden interessieren, aber wenn Sie in Japan im Gefängnis sitzen mit Leuten, die wissen, welchen Schaden Sie diesem traditionsreichen Sport zugefügt haben … Oh ja, ich kann mir vorstellen, dass Ihr Name schnell die Runde machen wird." Sie lächelte ihm hinterher und setzte Kater Brown zurück auf den Tisch.

Ehe sie sichs versah, wurde der Kater von den übrig gebliebenen Sumotori bestürmt, die ihn alle unbedingt einmal anfassen oder streicheln wollten. Ein leises Stimmengewirr erfüllte den Raum, und immer wieder konnte Alexandra das Wort „Maneki-neko" heraushören. Kater Brown ließ das mit viel Gelassenheit über sich ergehen, und wenn er hin und wieder eine Pfote hob, um eigentlich einen Finger wegzudrücken, der ihm zu nah am Ohr war, ertönte aus den Reihen der Sumotori ein begeistertes „Aaaah!".

Aoki stellte sich lächelnd zu Alexandra und Tobias. „Das war ein Sieg auf der ganzen Linie", sagte er. „Tekiro und die anderen wird man vermutlich nach Japan abschieben, aber da wartet erst recht Ärger auf sie. Miriyokami hatte hochbrisante Informationen zusammengetragen, die jetzt durch Tekiros eigene Schuld an die Öffentlichkeit kommen werden."

„Klingt für mich nach einer gerechten Strafe", meinte Tobias.

„Und nach einem Sieg auf ganzer Linie", hob Alexandra hervor.

„Oder, um beim Thema Japan zu bleiben ...", fügte Aoki hinzu, „es klingt nach einem *kachi-koshi* für Kater Brown."

ENDE